乱

二重螺旋6

吉原理恵子

キャラ文庫

この作品はフィクションです。
実在の人物・団体・事件などにはいっさい関係ありません。

目次

口絵・本文イラスト／円陣闇丸

《＊＊＊プロローグ＊＊＊》

雅紀《まさき》のいない篠宮《しのみや》家の夜。

尚人《なおと》の視界は、ほんの少しだけセピア色に染まる。

自分たちを養うために超過密なスケジュールをこなす雅紀が誇らしくもあり、同時に心配にもなる。

(まーちゃん、働きすぎだって)

尚人はそう思うのだが。

「仕事は向こうから来るうちが華なんだよ」

雅紀はクスリと笑って、尚人の杞憂《きゆう》をいなす。

「おまえたちがいるから、俺は頑張れる」

そう言ってもらえるのが、素直に嬉《うれ》しい。自分がただのお荷物ではなく、きちんと必要とされていると実感できるから。

だから。何日ぶりかで雅紀が家に戻ってくると、ドキドキと鼓動までもが逸《はや》り出す。

「雅紀兄さん、お疲れさま」

テーブルに雅紀の好物を並べて、

「おかわりは？」

「サラダ、もっといる？」

「はい、お茶」

世話を焼くのが楽しい。

「ナオちゃん、ウザイ」

裕太《ゆうた》がそれを口にするくらいには、充分浮かれているのがミエミエで。

「え？　そう？」

バツが悪くて、思わず頬《ほお》が火照《ほて》る。

すると。

「別にいいだろ。おまえは毎日ナオの手料理を食えるんだから、たまに俺が家に帰ってきたときくらいエコヒイキされたって」

雅紀が冷然と茶化す。

「自分でエコヒイキとか言うなよ。ムカつくぅ」

「妬《や》くなって」

「妬いてねーし」

「そういうムキになるとこがアヤシイだろ」

「雅紀にーちゃんの目が腐ってるだけだろ」

雅紀相手にガウガウ吼《ほ》えまくる裕太が妙に可愛《かわい》らしくて、尚人は口元を綻《ほころ》ばせる。

「ナオちゃん、なに笑ってんだよ」

そうやって、ギロリと睨《にら》まれるのも慣れてしまったが。雅紀のいる食卓はそれだけで花が咲いたように華やかになるのが嬉しくて——楽しい。

一家団欒《だんらん》なんて、もう二度と来ないと思っていた。破綻《はたん》して、壊れてしまった家族に再生はないと。

けれど。たとえ受け入れがたい現実であっても真摯《しんし》に向き合うことができれば、癒《いや》しは得られるのだと知った。

ささやかな日常の平穏。

雅紀がいて、裕太がいて、自分がいる。多くを望みすぎない小さな幸せの積み重ねに、なんの不満も不平もなかった。

§§§§§　§§§§§　§§§§§　§§§§§

「ほら。ナオ、おいで」

ベッドの端に座った雅紀が尚人を呼ぶ。蠱惑《こわく》の眼差しで。

差し出された手を取ることにわずかな羞恥《しゅうち》はあっても、禁忌を犯しているというためらいは……もうなかった。その手の温もりに包まれる安堵《あんど》感と幸福感を知ってしまったから。

その手はもう――放せない。

離れたくない。

頭の先まで雅紀の温もりにどっぷり浸かってしまいたいとは思っても、背徳の毒に蝕《むしば》まれる怯《おび》えはない。

背後から抱きしめられて雅紀の腕の中にスッポリ収まってしまうことへの抵抗感も、今は……ない。ちゃんと愛されていると知るまでは、身動きひとつ取れずにガチガチに強ばりついてしまうだけだったが。いつのまにか、その畏《おそ》れも霧散してしまった。

「んー……。三日ぶりのナオの匂《にお》いだ」

肩口に顔を埋めて、雅紀がひとつキスを落とす。それが妙にくすぐったくて、尚人はわずかに首を竦《すく》めた。

こういうスキンシップは嫌じゃない。

でも――ちょっとだけ苦手。雅紀の顔が見えないから……。

「仕事はぜんぜん苦にならないんだけど、ナオの顔が三日も見られないのは……やっぱ、淋しいかな」

耳元で囁《ささや》かれる言葉は甘い。

日頃の雅紀は甘さの欠片《かけら》もないほど硬質だから、よけいに。こうやって二人だけになってしまうと、

「ナオは？　どう？」

声すらもが、うっとりするほど――甘い。言葉の間に首筋を掠《かす》め落ちるキスは、更に甘くて優しい含蜜《がんみつ》だった。

「俺がいないと、淋しい？」

それだけで、身体の芯《しん》がとろけてしまいそうになる。

思わずコクリと頷《うなず》くと。

「そっかぁ」

雅紀はクスリと笑って頭の天辺にキスをして。

「じゃあ。俺がいない間ナオが自慰《オナニー》してないかどうか、ちゃんと確かめないと」

ひっそりと声を絞って、耳元で囁いた。甘くとろけるような声《トーン》が、それだけで淫《みだ》らな艶《つや》を増す。

とたん。条件反射のように顔面が灼《や》けて、身体の芯が疼《うず》いた。

「……してない」

自慰なんて、しない。

いや……できない。

黙ってしたのがバレると怖い……からではない。しなやかな雅紀の指でそれを擦《こす》られる快感を知ってしまったら、大きな手で袋ごと双珠《タマ》を揉《も》みしだかれる気持ちよさを覚えてしまったら、もう、稚拙な一人遊び《オナニー》なんてできない。

「ホントに？」

コクコクと懸命に頷く。

「オナニーするよりも、俺にして欲しい？」

雅紀の囁きが深くなると、鼓動がトクトクと逸った。

口にするよりも身体のほうが正直《ストレート》に反応する。それだけで、雅紀にはモロバレだろう。

「なら……脱いで」

雅紀の声が、更にしっとりと濡《ぬ》れる。

モゾモゾと身じろいで下着ごとパジャマのズボンをずり落とす。

ノロノロしていたらよけいに恥ずかしい。だから、いっそ思い切りよく。そのつもりだったのに、そんなに都合よく手足は動いてはくれない。

結局、自分の鈍くささを痛感する羽目になった。

だが。雅紀は、そんな尚人を茶化したりはしなかった。

「じゃあ、ちゃんと俺に見せて」

何を——とも。

どこを——とも言われなくても、わかる。それをしない限り、雅紀が何もしてくれないことも。

含蜜には甘い毒がある。毒があるから痺《しび》れるように甘いのだと、尚人は知っていた。

雅紀の膝《ひざ》の上で尚人は両足をグイと開いて股間《こかん》をさらけ出すと、そのまま雅紀の胸に背を預けるように深くもたれた。

「いい子だ、ナオ」

まるで、よくできました——と言わんばかりに、雅紀はこめかみにチュッとキスをする。

それから、開かれた尚人の内股をスッと撫《な》で上げた。

「なんだ。もう漏《も》らしちゃったのか?」

自分でも自覚していたことを雅紀に言われると、カッと血が上る。先ほど、雅紀に軽くキスをされて卑猥《ひわい》に囁かれただけで半勃《はんだ》ちになってしまったのだ。

「俺にちょっとキスされただけで、こうなっちゃうんだ?」

どこか嬉しそうに雅紀が言った。

——YES。

「三日ぶりだから、興奮しちゃった?」

――YES。

雅紀の囁きが尾てい骨にまで響く。普段の雅紀からは想像できないほど淫らに艶のある美声を知っているのは自分だけだと思うと、よけいに股間が疼いた。

「じゃあ、ナオの溜《た》め込んだミルクを全部搾《しぼ》り取ってやろうな?」

耳たぶを軽く食《は》んで雅紀が囁くと、期待と羞恥でごちゃ混ぜになった思考が灼けて尚人の喉《のど》がコクリと鳴った。

半勃起《ぼっき》になったものを握られると、一瞬、ブルリと腰が捩《よじ》れた。

「もう、ヌルヌルだな」

――知ってる。

この先にある快感を想像するだけで、先走りがトロリと漏れてしまうのだ。

それが三日ぶりの性行為だからなのか。それとも、自分が淫乱《いんらん》なだけなのか。よく……わからない。

ただ、そんな自分が嫌いでなくなったのは事実だった。

雅紀に好きだと告白される前は、自分の性感帯をひとつひとつ暴かれて容赦なく快感を引《ひ》き摺《ず》り出されるのが怖かった。自己嫌悪でしかない肉欲が暴走して歯止めがなくなってしまうのが――なによりも恐かった。

だが。今は、快感を雅紀と共有できることが嬉しかった。たとえ、それが禁忌という名の背徳であっても構わないほどに。

掌《てのひら》でリズミカルに揉みしだかれると、気持ちよくて自然と瞼《まぶた》が重くなった。

トクトクと鼓動が鳴って。腰が……揺れた。もう、そのことしか考えられなくなって、息が上がる。

なのに。

「気持ちいい？」

雅紀の囁きだけは明瞭《めいりょう》に頭の芯まで響いた。

「すご……く……いい……」

掌の筒で扱《しご》かれながら、指先で露出したくびれを撫でられると。

「あ……ンッ……んッ……」

無自覚に口から喘《あえ》ぎがこぼれ落ちた。

気持ちがよすぎて、ときおり、腰が捻れた。

目の裏がチカチカになって。

あと、もう少しでイキそう……。

それを思ったとき、いきなり、雅紀が指の環で根元を縛った。

今にも爆《は》ぜようとした快感が突然堰《せ》き止められて、尚人はハッと息を呑《の》んだ。

　——どうして？


「まぁ……ちゃん？」

　上擦り掠れた声で雅紀を呼ぶ。

「ナオがあんまり気持ちよさそうなんで、忘れてた」

　——何を？

「ナオの一番好きなとこ、弄《いじ》ってやるのを」

　一番——好きなところ？

「そう……ここ」

　雅紀の指が、トロトロになった先端の切れ目をスッと撫でる。

　そのわずかな刺激だけで、ヒクリと喉が詰まった。

「そこ……ヤだ」

「どうして？」

　指の腹でそっと撫でられるだけで、快感とは別の感覚が痼《しこ》っていく。

「ほら、プックリしてきた」

　刺激されて過敏になった肉芽を雅紀が軽く爪で弾《はじ》くと。

「ひゃ……ッ！」

　喉が攣《つ》って、声が裏返る。

「ここを、グリグリして欲しいだろ？」

尚人はぎくしゃくと頭を振る。

「ヤだ……まーちゃん。そこ……しないで」

息を詰めて、尚人が哀願する。

「ダメ。ここを弄ると、ナオ、すごくいい顔で啼《な》くから。ちょっと、見てみたいかなって」

ヤだ。

ダメ。

しないでッ。

「大丈夫。痛くしない。ナオがちゃんといい顔を見せてくれたら、あとで、ナオの好きなところいっぱい舐《な》めてやる。タマも、乳首も、嚙《か》んで吸ってやる」

そこは、痛い。

触られるだけでピリピリして。

――ジンジンになる。

「嘘つきだな、ナオは。ここを爪で剝《む》かれて、真っ赤に熟《う》れてジンジン痺れるくらいに弄られるのが一番好きだろ？」

甘蜜《かんみつ》の囁きが凝《しこ》って毒になる。

ヒリヒリと痛いくらいにそこを抉《えぐ》り剝かれて、尚人はプルプルと内股を引き攣らせた。

肉芽に爪が食い込むと、浮いた腰が捩れた。

ゆっくり、何度も、粘膜の切れ目に沿って弾かれる。

そのたびに、

「や……や……やぁ〜〜ッ」

尚人は喉を引き攣らせた。

§§§§§　§§§§§　§§§§§　§§§§§

目覚めは、いきなりだった。

その瞬間、身体がいきなり失墜して。尚人は、ハッと弾かれたように目覚めた。

目を開ければ、そこは見慣れた天井だった。

「……あ……れ？」

尚人はひとりごちて、ぎくしゃくと傍《かたわ》らを見る。

誰も、いない。

「――夢？」

雅紀がいた気配もない。

なのに。なぜか、身体がひどく重くて、怠《だる》くて。なにより、股間に違和感を覚えて。尚人はゴソゴソと身じろいだ。

(うわ……マジ?)

股間の違和感の正体に気付いて、一人赤面する。

ベッタリ……濡れている。気持ち悪い。夢精で下着を汚したのなんて、何年ぶりだろう。

この分だと、下着だけではなくパジャマもデロデロだ。

(あんな夢を見たから?)

しっかり、くっきり、覚えている。

(マジで最悪)

雅紀と最後にセックスをしてから、今日で五日目。

下腹が重くてたまらない……わけではないのに。あんな、欲求不満丸出しの淫夢を見るなんて——サイテー。

どっぷりと、自己嫌悪。

尚人はぎくしゃくとベッドを降りると、タンスの引き出しから着替えを取り出す。

——サイテー。

——サイアク。

マジで——落ち込む。

ブツブツ呟《つぶや》きながら、そのまま、がに股歩きでバスルームへと向かった。

《＊＊＊長い夜＊＊＊》

金曜日。

——いや。午前零時を過ぎているので日付けはすでに土曜日である。

その夜。篠宮《しのみや》家では、いつものように尚人《なおと》が自室で机に向かい、数学のテキストをやっていた。

県下一の超進学校と言われる翔南《しょうなん》高校では、特に宿題は出ない。毎日の予習復習は当たり前だからだ。それについていけないようでは、すぐに落ちこぼれる。

気力・体力・集中力。そして——リラックス。とりあえず出席日数をクリアしていれば留年も退学もない中学時代と違い、すべてに自己管理が求められるのが高校生活である。

受験戦争を勝ち抜いて合格するのは大変だが、その喜びに浸れるのは入学式当日まで。翌日からの学習カリキュラムを眼前にして、新入生たちは入学することが着地点ではなく、それはあくまでも大学進学への通過点にすぎないことを否応なく実体験させられる。だからこそ、羨《せん》望《ぼう》と嫉妬《しっと》まじりに翔南高校の制服は『勝ち組の証《あかし》』と呼ばれるのだ。

尚人は学科の中では数学が一番好きだ。どんな難問であっても、そこには答えを導き出すための方式があり、それさえクリアできればすべてにきっちりとした解答が得られるからだ。

記号と数式だけで解ける謎。

そこには、曖昧《あいまい》さがない。

感情に左右されることもない。

アプローチの仕方は人それぞれかもしれないが、得られる正解はたったひとつしかない。

――だからだ。

尚人の日常がまるでジェットコースターと化しているから、よけいにそう思えるのかもしれない。

決まりきったセオリーもシナリオもないのが人生の醍醐味《だいごみ》――なのかもしれないが、ドラマチックな出来事も一生に一度くらいでちょうどいい。最近は、特にそれを思わずにはいられない尚人だった。

静まり返った部屋の中、尚人はシャーペンを置いて大きく伸びをする。

「ん～～ッ。今夜はこのくらいにしておこうかな」

たとえ今日が土曜休みであっても、身体に染みついた生活習慣は変わらない。

毎朝、目覚し《アラーム》が鳴らなくても朝の五時には自然と目が覚める。正味五時間の睡眠時間だが、その分、しっかり熟睡できているので何の問題もなかった。

と——そのとき。机の右端に置いてある携帯電話が鳴った。

着信表示は『雅紀《まさき》』だった。

とたん、尚人の口元がごく自然に綻んだ。

不定期の定期便。尚人が携帯電話を持つようになって、仕事で家を留守にしているときには雅紀から頻繁《ひんぱん》に連絡《メール》が入るようになった。

学校にいるときには電源を切ってあるので、多少のタイムラグはある。だが、それでも。雅紀がいないときでも、よりリアルに雅紀を感じることができるようになった。

なくても別に困らないが、あるとそれなりに便利。

便利に慣れてしまうと、もう手放せなくなる。

今では、雅紀とのコミュニケーション・ツールとして日常生活でも不可欠になってしまったような気がしてならない尚人であった。

携帯電話は贅沢品《ぜいたく》——という認識が、いつの間にか遠くなった。

(今、仕事が終わったのかな)

半ば浮かれた気分で、尚人は通話ボタンを押した。

「もしもし？　まーちゃん？」

普段は『雅紀兄さん』としか呼ばない尚人の口調も、周囲に誰もいないと思うと、つい甘くなる。

しかし。
『今、病院にいる』
予想外の返事に、浮かれ気分も吹っ飛んだ。
「病院？　なんで？　どうして？　まーちゃん、どこか悪くしたの？」
携帯電話を強く握りしめて、尚人は早口で問い返す。
『俺じゃない』
その言葉に、心底ホッとした。
——だが。
『あいつが、堂森《どうもり》の祖父《じい》ちゃんに刺された』
その瞬間。
(——ウソ)
脳味噌《のうみそ》が変なふうに揺れた。
(なん…で？)
耳の奥が、ざわついて。
(……どうして？)
ジンと——痺れた。
『ナオ？』

雅紀の呼びかけにも、わずかなノイズが走る。

『ナオ。――ナオ？　大丈夫か？』

「あ……ウン。大丈夫」

――たぶん。

それでも、心臓のドキドキは止まらない。

尚人の言う『大丈夫』が当てにならないと察したのか。雅紀は、ことさら穏やかな声で囁く。

『いいから、ほら。ゆっくり、深呼吸してみろ』

『俺の声に合わせて深呼吸するんだ。いいな？』

言われるままに、吸って。

ゆっくり吐いて。

大きく吸って。

静かに――吐く。

そうして。

『そう。いい子だ、ナオ』

雅紀の声だけが頭の芯でクリアになる。

――大丈夫。

頭も、気持ちも、呼吸も。落ち着きを取り戻した。

『ナオ?』

「……うん。大丈夫」

薬に頼るよりも、雅紀の囁きのほうが効く。ただの錯覚ではなく。得られる安心感がまるで違うからだ。一瞬、パニクりかけた思考と心音が、ゆっくり沈静化していくのがわかる。

『いきなりで悪かったな』

「ゴメン。でも、もう大丈夫だから」

雅紀の言う『あいつ』が実父《慶輔》であることは明白で、『堂森の祖父ちゃん』とは篠宮の祖父——拓也《たくや》のことである。

慶輔《けいすけ》絡みでは、今までさんざん実害を被《こうむ》ってきた。だから、今更何を聞かされても変に動じることはない。そう思っていたが、さすがにそういう展開はまったくの想定外だった。

『あいつはさっき手術が終わって、今はICUに入ってる。とりあえず、命に別状はないらしい』

ことさら淡々と雅紀が言う。

「そう……なんだ?」

自分でも、妙に掠れた声が漏れた。

命に別状がないと知って安堵したのか。それとも——ガッカリしたのか。尚人にもその区別がつかなくなってしまった。

　これが嘘や冗談ではなくまぎれもない現実なのはわかっているが、なんだか妙に現実感が乏しくて。実父が祖父に刺されるという衝撃的な事実があまりにも非日常的すぎて、感情が追い付かないのかもしれない。

『だけど、もしかしたら祖父ちゃんのほうがヤバイかもしれない』

「どうして？」

『あいつを刺したショックで倒れたらしい』

　更なる衝撃に、思わず息を呑む。

『そういうわけだから、状況がわかり次第また連絡する』

「――わかった、裕太にも伝えとく」

『……で、な。たぶん、明日の朝イチのニュースでこのことが流れると思う』

　ギリと、尚人は奥歯を噛んだ。

『もしかしたら、そっちにもマスコミが押しかけるかもしれない』

　雅紀にとっては、そのことのほうが心配だと言わんばかりの口調だった。

「ウン。大丈夫。ガン無視ってことだね？」

『そう。電話のコンセントも抜いておけばいいから。連絡は携帯に入れる』

　メールではなく電話をしてきたのも、それをきっちり念押ししたかったのかもしれない。

「——わかった」

『じゃあ、な』

「うん」

通話をOFFにして携帯電話を閉じる。ついでに、詰めた息をそっと吐いた。

いったい。

なんで。

——そんなことに。

それを思い、尚人はしばし放心した。

§§§§　§§§§§　§§§§§　§§§§§

時間が時間だけに、ひっそりと静まり返った病院の緊急病棟ロビーは照明も落とされていて暗い。逆に言えば、まるでそこだけスポットライトを浴びているような一画で、雅紀は携帯電話を切り、舌打ちまじりにどんよりとため息を漏らした。

(やっぱ、ナオにはショックが大きすぎたか？)

今更のように思う。

電話口でいきなり固まってしまったらしい尚人の息遣いが、生々しく脳裏にこびりついている。

慶輔が刺されたというショッキングな現実。

雅紀的には、自分の人生にはもはや不要になってしまった慶輔がどうなろうと別に痛くも痒《かゆ》くもない。激昂《げっこう》した弾みで慶輔を刺し、そのショックで倒れてしまったらしい拓也に対しても同じことが言えた。しかし、自分はそうでも尚人にはそれが当てはまらないということを、つい、うっかり失念してしまった。

（マズったな）

自分では平常心だと思い込んでいただけで、もしかしたら多少なりとも動転していた？

——いや。それはないと、断言できるが。尚人に対しての配慮が足りなかったことは否めない。だから、尚人のパニック発作である。

（最近はすっかり落ち着いていたから、俺も安心していたし）

それだけに悔やまれる。

雅紀にしても、いまだに正確な情報を摑《つか》んでいるとは言えない状況だが。弟たちにはそこらへんのはっきりした事実確認をしてからというより、こんなことになってしまった事実は事実として、自分の口からきっちり伝えることが先決だと思ったのだ。

なぜなら。

「だから、さっきから言ってるじゃないですかッ。あの二人がいきなり押し入ってきたんですッ。――なぜ？　わかりませんッ。そんなことは、あの二人に聞いてくださいッ。刺されたのは慶輔さんなんですよ？　理由なら、刺した本人に聞けばいいじゃないですかッ！」

視界の端では、真山千里《まやまちさと》が事情聴取に来た警察官を相手にヒステリックに声を荒げている。

手にも服にも、ベッタリと鮮血がこびりついている。あれは当然、慶輔の返り血なのだろうが。こんなところで喚《わめ》き散らす暇があったらさっさと洗面所に行って手に付いた血を洗い落とせばいいのにと、雅紀は眉《まゆ》をひそめる。

じきに、報道陣《マスコミ》も押しかけてくるに違いない。ここはまだひっそりと静まり返っているだけで、もしかしたら、正面玄関のある本館はすでにざわつき始めているかもしれない。

暴露本騒動の果ての傷害事件。

センセーショナルな話題にピラニアのごとく嬉々《きき》として群がってくるマスコミの姿が、いやでも目に浮かぶ。

『これでまた、おまえには多大な迷惑をかけることになってしまいそうだ』

いみじくも、篠宮方の祖父の長男である明仁《あきひと》伯父が語ったように。それもまた、リアルな現実であった。

「――雅紀」

不意に呼ばれて目をやると、携帯電話を握りしめた明仁が沈痛な顔つきで言った。

「智之《ともゆき》から連絡があって、ついさっき、親父が死んだそうだ」

危惧《きぐ》された予感が動かしがたい現実となり、

「……そうですか」

束の間、雅紀は瞑目《めいもく》する。

(修羅場の尻拭《しりぬぐ》いを俺たちに丸投げして、自分だけさっさと楽になっちまったってことか)

むろん。拓也にすれば想定外の無念の死に様だったりするのかもしれないが、ここまで来たら、綺麗事《きれいごと》で済まされるはずもなかった。

拓也の死を悼《いた》むよりもその後の煩《わずら》わしさを予感して、雅紀は内心半ばウンザリとため息をこぼす。

多少の温度差はあるかもしれないが、明仁としてもやりきれない思いだろう。

いったい、どうして、こんなことに……。

拓也が殺人未遂の加害者で、慶輔《次男》がその被害者。雅紀にとっても明仁にとっても、最悪な図式である。

もっとも。こういう凶悪すぎる展開に一番驚いているのは慶輔本人かもしれないが。

「とりあえず、向こうのことは智之に任せることにした」

つまりは、葬儀の手配やその他もろもろのことだろう。

「いいんですか？」

本来、それは篠宮家の長男である明仁がやるべきことだ。それでなくとも、拓也と行動を共にしていた三男――智之叔父のショックは想像するに余りある。

いったい、どこで。何が、どう間違ってしまったのか。駄目押しとも言える拓也の死で、智之の頭の中はそれこそパニック寸前だったりするかもしれない。

――が。

「まさか、この後始末をおまえに丸投げにして、私だけがさっさと逃げ出すわけにもいかんだろう」

明仁は、いっそきっぱりと言い切った。その口調《トーン》はひどく重かったが。

「智之にとっても、今は、落ち込む暇がないくらいに忙しくしていたほうがかえって気が紛れるだろうからな」

そうですね。

――とは、さすがに雅紀の口からは言えない。

やるべきことをやり終えたあとの虚脱感という反動が、むしろ一番怖い。かつての雅紀がそうであったように。

緊張の糸が切れ、張っていた気がプッツリと緩む瞬間は、ある日、突然やってくる。胸にポッカリ穴が開くのではない。視界から色が抜け、喪失感がいきなり襲ってくるのだ。

何もかもがどうでもよくなって、身体が芯から重くなって……気力が萎《な》える。息をするのも煩わしい。そんな、虚脱感だ。

そんな雅紀を怒鳴りつけ、励まし、強制的に連れ回して立ち直らせてくれたのは高校時代の友人たちであった。

当時の雅紀には、実母との肉体関係——禁忌を犯した背徳感はあってもそれ以外のシガラミはなかった。

だが、智之はどうだろう。

夫として。父親として。……息子として。切っても切り離せないシガラミは、ずいぶんと重そうである。

「それに……」

そう言葉を切って。明仁は、ヒステリックに喚き続ける千里に視線をやった。

「赤の他人に、これ以上引っかき回されて恥の上塗《うわぬ》りをするのだけは避けたいからな」

紛れもない本音だろう。

慶輔とは破鍋《われなべ》に綴蓋《とじぶた》的な千里のエゴ丸出しの本性ならば、勝木《かつき》署で嫌というほど見知った。

身勝手に号泣する女の醜悪さというものを実体験したのは、それが初めてだった。

こんなことにでもならなければ、明仁と千里が顔を付き合わせる機会などなかっただろう。

温厚な常識人である明仁にとっても、千里は好まざる人物というより嫌悪の対象であるのは間違いなさそうである。すべての元凶は慶輔であっても、世間で言われているように諸悪の根源の悪女に見えたかもしれない。

「じゃあ、とりあえず、俺は加門《かもん》の家に連絡をしておきます」

尚人に電話を入れたあとで母方の祖父母である加門にも一報を入れるつもりだったのが、そのまま横滑りで拓也の訃報《ふほう》通知になってしまった。

「すまんが、よろしく頼む」

「——はい」

雅紀は携帯電話を開き、登録済みのナンバーを検索する。

だが、繋《つな》がらなかった。

(まだ、電話の電源を抜いたままか)

わずかに舌打ちをして、代わりに加門家の長男である由矩《よしのり》伯父に電話をかける。

時間帯も時間帯なので、コール音も長引く。

『もしもし?』

ようやく繋がった向こうは、当然のことながらしごく不機嫌だった。

「夜分、すみません。雅紀です」

『おぅ、雅紀か。どうした?』

「堂森の祖父が、先ほど亡くなりました」

一瞬、息を呑む気配がした。

「それで加門の家に連絡をしようとしたんですが、繋がらなくて」

『あー……たぶん、電源を抜いたままだったと思う』

「それで、こんな時間に申し訳ありませんが、とりあえず由矩伯父さんに」

『わかった。……というか、いきなりだな』

寝耳に水もいいところだろう。

「あいつとあの女がいるホテルに智之叔父と二人で乗り込んで、そこでどんな修羅場になったのかはわかりませんが、祖父があいつを刺してそのまま倒れたらしいです」

今更隠してもしょうがないので、わかっている事実だけを伝える。

とたん。今度は、愕然《がくぜん》と絶句する気配がした。

「事件の詳細は俺にもまだわかりませんが、たぶん、このままだと朝イチのニュースで報道されると思います」

『……それは』

「加門の家のほうにも、また、マスコミが押しかけてくるんじゃないかと」

ただの懸念ではなく、だ。

電話口の向こうで、それと知れるほど重いため息が漏れた。

『おまえは、今どこだ?』

「あいつが担ぎ込まれた病院です。ちょうど今、仕事でこっちにいたものですから。明仁伯父に呼び出されて」

『……そうか。あいつは、どうなった？』

加門の親族にとっても、慶輔の名前はすでに『災厄』の代名詞である。口にするのも憚《はばか》られるのではなく、あまりに忌々《いまいま》しすぎて口にするだけで憤激が湧《わ》き上がる。それに尽きた。

「手術が終わって、今はＩＣＵです」

『——最悪だな』

苦々しさ全開で、由矩が漏らす。

さすがに、慶輔が助かってよかった——などと、心にもない台詞《せりふ》を言う気にもならないらしい。

憎まれっ子、世に憚る。まさに、そうとしか言いようがない現実であった。

『とにかく、これから親父のところに行ってみるから。また何かあったら、連絡をくれ』

「わかりました。すみませんが、携帯の番号を教えてもらっていいですか？」

ちょっと、待て……とも言わずスラスラと口にする番号を、手帳に書き留める。

『弟たちには？』

「事件のことは伝えました。祖父が亡くなったのは、そのあとのことだったので」

『……そうか。これでまた、おまえもいろいろ大変だろうが。しっかりな』

もはや、降りかかる火の粉……どころの騒ぎではなくなってしまった。それが共通の認識である。

「はい。じゃあ、よろしくお願いします」

通話をOFFにして、雅紀は今更のようにどっぷり深々と息をついた。

§§§§　§§§§　§§§§　§§§§

深夜の篠宮家。

照明を落とした階段をゆっくりとした足取りで上り切って。尚人は、一度、大きく深呼吸をした。

(……ッし)

そして。今、まさに眼前にある裕太《ゆうた》の部屋のドアをノックしようとした。

——瞬間。

スウェットのズボンのポケットに入れておいた携帯電話が鳴った。普段ならば家にいて携帯電話を持ち歩くことなどないが、今回は場合が場合である。

「……ッ！」

思わずヒクリと息を呑んで、尚人は慌ててぎくしゃくと携帯を取り出す。発信者は、やはり雅紀だった。

「まーちゃん？」

通話をONにして呼びかけると。

『祖父ちゃんが死んだ』

何の前置きもなく、ボソリと雅紀が言った。

「……そうなんだ？」

先の電話でそういう可能性があることを告げられていたせいか、意外にショックは少ない。

『裕太には？』

「これから」

『そうか。じゃあ、頼む』

「――ウン」

『今後の予定はまだ未定だけど、今日の仕事が終わり次第、すぐに俺も帰るから。おまえたちは何も心配しなくていい。……わかったな？』

「わかった。でも、あの、まーちゃんこそ無理しないでね？」

すると。電話口の向こうで、雅紀がクスリと笑った。

雅紀が、

「——ような気がした。

『大丈夫。今ので、元気がチャージできた』

それがただの冗談ではないのは雅紀のトーンがいきなり変質したことでもわかる。思わず、嬉しさが込み上げた。こんなときに不謹慎だろうが、なんだろうがだ。尚人にとって、雅紀が一番だからだ。

『じゃあ、おやすみ』

「おやすみなさい」

通話をOFFにして携帯電話をポケットにしまうと、尚人はドアをノックした。

返事は——ない。この時間であるから、裕太は熟睡中だろう。

「裕太。入るよ?」

聞こえていなくても、一言、断る。

ドアに内鍵《かぎ》はかかっていなかった。

引きこもりになって数年来、頑《かたく》なすぎる裕太の心情そのままに部屋のドアは天《あま》の岩戸《いわと》と化していたが。尚人が下の部屋を自室として使うようになってからは、それもなくなった。

この夏は酷暑だったせいもあってか、一日中開けっ放しだった。雅紀が、

『これで、家の中も少しは風通しがよくなったな』

ニコリともせずに、それを口にするくらいには。

保安球しかついていない部屋の中は暗かった。照明のリモコンが、どこにあるのかもわからない。

――が、裕太がどこに寝ているのかはわかる。

尚人は静かに歩み寄って、こんもりと盛り上がった塊《かたまり》を揺すった。

「裕太。起きて、裕太」

ときおり意味不明な声を発して、裕太がモゾリと身じろいだ。それでも、まだ覚醒には程遠いのか、またすぐに寝入ってしまう。

(そういや、小学生の時もすっごく寝起きが悪くて、お母さんがよく愚痴《ぐち》ってたよなぁ)

唐突に、そんなことまで思い出す。

「裕太、起きて」

ガシガシと手荒く揺すると、ようやく寝起きモードにスイッチが入ったのか。

「んー……なに?」

掠れた声がボソリと漏れた。

「起きて、裕太」

「……ナオ……ちゃん?」

「そう。俺」

「なんだよ、もぉ……」

不機嫌丸出しの声。熟睡中に叩《たた》き起こされれば、誰でもそうなるだろうが。

「話があるんだよ」

「……はなし？」

「堂森の祖父ちゃんが死んだって」

「……え？」

まさか、寝起きにそんなヘビーなことを聞かされるとは思わなかったのか、裕太は掠れ声を呑んだ。

「さっき、雅紀兄さんから電話があった」

それで、すっかり目が覚めたのか。裕太はゴソゴソと身じろいだ。

――と思ったら、いきなり部屋に照明がついた。

「死んだって……なんで？　じーちゃん、なんか持病でもあったわけ？」

しごく当然の問いかけに、尚人は視線を逸《そ》らさず事実をありのままに伝える。

「どういう状況なのか雅紀兄さんにもよくわからないみたいだけど、祖父ちゃんがあいつを刺して、そのショックで倒れたみたい。それで、二人とも病院に運ばれて、さっき――祖父ちゃんが死んだって」

衝撃と驚愕とで、裕太の目がこぼれ落ちんばかりに見開かれる。

どんなに慎重に言葉を選んでも、限りはある。

しかも、尚人には慶輔が拓也に刺された詳しい状況もわからない。雅紀ですら、詳細はわからないというのだから。

それでも。そんなことになった原因がなんなのか、おぼろげながらも理解《わか》るような気がした。

たぶん——きっと、あの暴露本がすべての元凶なのだ。極めつきのエゴと被害者意識で凝り固まった思い込みとで捏造《ねつぞう》された告白本など、尚人は読みたいとも思わないが。読まなくても、内容は自《おの》ずと知れた。

なにせ、五十万部《ハーフミリオン》である。興味本位で篠宮家のスキャンダルにまみれたプライバシーを覗《のぞ》き見したがる連中が、いかに多いかということである。テレビでもネットでも雑誌でも、至るところで大いに盛り上がっている。

むろん、事の真偽は別にして——だが。そのことを、今更とやかく言っても始まらない。母親はすでに故人である。反論したくても、できない。だから、無視するのが一番。

雅紀の言うことが正しい。

尚人も、そう思っている。

噂《うわさ》は噂を呼んで、好き勝手に転がっていくものだからだ。人の口に戸は立てられない。慶輔が家族を捨てて家を出て行ってから、嫌というほど思い知った現実である。

尚人たち兄弟は、そうやってパッタリと両耳を塞《ふさ》いでやり過ごすことを学んだ。マスコミが無神経にズカズカと踏み込んできてからは、特に。

しかし。拓也には、それができなかったのだろう。

我慢の限界と忍耐の許容範囲は決してイコールではない。

慶輔が自分たち家族を捨てたことは拓也の中では許容できることであっても、自分の日常生活を脅《おびや》かす暴露本の存在は我慢の限界だったに違いない。

「あいつ……じーちゃんに刺されたわけ?」

問い返す声はショックで上擦り、掠れている。決して、寝起きのせいだけではなく。

コクリと、尚人は頷く。

それでも、まだ半信半疑なのか。

「マジで?」

瞬きもせずに尚人を凝視する。

「マジで。たぶん朝イチのニュースで流れるだろうって、雅紀兄さんが」

裕太は一瞬視線を泳がせて、束の間、黙りこくった。

時間にすれば、それは一分にも満たなかったかもしれない。

——が。尚人にはすこぶる重く、長く感じられた。

「そう……なんだ?　マジ……なんだ?」

ブツブツと独り言のように呟いて。

「ンで？　あいつ——どうなったわけ？」

険しい眼差しをぶつけてきた。

「ＩＣＵに入ってるって」

「それって、生きてるってこと？」

「手術は成功したらしいから」

「刺したじーちゃんが死んで、刺されたあいつは生きてるんだ？」

刺された慶輔にはもはや同情心の欠片も湧いてこないが、それはそれで、ものすごい運命の皮肉という気がしてならない二人であった。

しかし。

それでも。

尚人も裕太も、いっそ、慶輔も死んでしまえばよかったのに——とは思わない。口にも、できない。

なぜなら。母親をあんな形で喪ってしまった二人にとって、『死』は何よりも重すぎる悲惨な現実であったからだ。

世間は、雅紀が慶輔のことを、

【感情を揺らす価値もない視界のゴミ】

呼ばわりにしたことを、ことさらにあげつらって物議を醸すが。雅紀ほど辛辣《しんらつ》にはなれないだけで、心情的には二人も同じだった。

けれど。慶輔がどんなに極悪非道の父親であっても、

『死んでしまえ』

——とは思わない。

自分たちの視界から永久に消えてなくなればいいとは思っても、

『死ねばいいのに』

そんなことまでは望まない。それも、一種のトラウマには違いないだろうが。

「ンじゃ、また葬式なんだ?」

「……だね」

とたん、どちらからともなく目を逸らした。まるで、いきなり、あの日がフラッシュバックしたかのように。

「明日……いや、今日か。仕事が終わったらすぐに戻ってくるからって、雅紀兄さんが。あとの連絡は携帯でやるから、電話の電源も抜いとけって」

「なら、玄関のインターフォンも切っとけば?」

「そうだね」

ストレス要因は、すべてカットしておくに越したことはない。

「とりあえず、そういうことだから」

「……わかった。ナオちゃんも、さっさと寝ろよ?」

コクリと頷いて、尚人はベッドの端から腰を上げた。

《＊＊＊激震の裂け目＊＊＊》

休日の朝。

心地よい眠りから桜坂《おうさか》一志《かずし》を現実に引き摺り戻したのは、机の上で鳴り続ける携帯電話のコール音だった。

（なんだよ、もう……）

無視していればじきに鳴り止むだろうと思っていたら、そうではなかった。

早く出ろ。

すぐに出ろ。

さっさと出ろ。

いつまでも待たせるんじゃねーッ！

──とでも言いたげなしつこさだった。

（…ったく、誰だよ）

のっそりと起き上がって、着信表示を見る。中野大輝《なかのだいき》──だった。

とたん。条件反射のごとく、舌打ちが漏れた。相手が中野ならば、二十回でも三十回でも、桜坂が出るまで鳴らし続けるに違いない。

(だから、時間を考えろっつーの。まだ、八時を過ぎたばっかじゃねーか)

ブツブツとぼやきながら、シブシブ、桜坂は通話ボタンを押した。

「もしもし？」

自然と声も尖《とが》る。

朝っぱらからしつこく鳴らすな——と、文句を言う前に。

『ダラダラ寝てる場合じゃねーぞ、桜坂。テレビ、見ろ。どこのチャンネルでもいいから、すぐに見ろ。大変なことになってんぞ』

口早にまくし立てる中野に押し切られた。

いつもの中野ではなかった。その口調は硬くて、強くて、切迫していた。

何が？　——とも。誰が？　——とも、問わず。桜坂はとりあえず、

「わかった」

それだけ口にして携帯電話を切り、その足でドカドカと階段を降りてダイニングキッチンに突入した。

——と、そこには。すでに両親がいて、テレビに釘付けになっていた。

そして。桜坂の顔を見るやいなや、

「ちょっと、一志。篠宮《しのみや》君のとこ、大変なことになっちゃってるわよ」

母親は妙に上擦った声で、中野と同じ台詞を口にした。

返事もせずに、桜坂はテレビを凝視する。そこには、

【篠宮慶輔《けいすけ》氏、実父に刺されて重体】

衝撃的な文字《テロップ》が貼り付いていた。

(——って、マジか?)

さすがの桜坂も、愕然と目を瞠《みは》る。

同時に。ドクリと、鼓動がひとつ大きく跳ねた。

刺されて重体——そのテロップを見た瞬間、とっさに野上《のがみ》に刺されたときのことがオーバーラップして、肩口の傷がズクリと疼いた。

錯覚ではない。ただの幻痛と言うには過ぎるほど、ズキズキと疼きしぶった。

普段はまったく思い出しもしないのに、いきなり——来た。これがトラウマという名のフラッシュバックなのかと思ったら、頭の一画がヒヤリと冷めた。

自分は、いつまでもあんなことに気をとられるほど柔《ヤワ》ではない。あったことをなかったことにするつもりはないが、きっちりケジメを付けられるタフな性格だと自負していた。

——なのに。

ちょっと、本音でショックだった。

（……マジかよ？）

そして。初めて、尚人《なおと》の気持ちがわかったような気がした。自分ではちゃんと克服したつもりでも、何かのきっかけがあればトラウマは突然刺激される。それは、思った以上に根深いものなのだとこの場で実体験してしまった。

《……以上、病院前から牧原《まきはら》リポーターの第一報でした》

司会者がそう言葉を切るなり。

《いやぁ、マジでビックリ》

日頃は辛口毒舌でならすコメンテーターがため息をついた。

《モロ衝撃的な展開だよねぇ》

テレビに向かって、桜坂も思わず大きく頷いてしまいそうになった。

《……本当に》

《あたし、最初は悪質なドッキリかと思っちゃった》

最近人気の出てきたオネエタレントは、オーバーアクションぎみに身じろいだ。

《黒田《くろだ》さん、それって、フツーにあり得ないですから》

《エーッ、だって。こんな展開、誰にも予想できなかったじゃない？》

《おっしゃる通りです。ある意味、朝イチから激震が走ったのではないかと》

《……だよねぇ》

いったい。

——なぜ？

どうして。

——こんなことに？

普通ならば、誰もがまず、それを口にするのだろうが。今回に限っては、皆が皆、同じことを思ったに違いない。

【因果応報】

あるいは。

【天罰覿面《てんばつてきめん》】

好き放題にやり放題だった諸悪の根源に、ようやく天罰が下ったに違いないと。

極悪非道のクソ親父に悪行の報《むく》いがくるのは、当然。むしろ、遅かったくらいだ。

裕太にバットで殴られて骨折したときですら、世間の風はものの見事に慶輔に冷たかった。

それに関して、暴露本では被害者意識丸出しで反論しているのが、もはや末期……とまで言われていた。

我が子に対して、どうしてそこまで鬼畜になれるのか。桜坂には今もって理解できない。

けれども。その天誅《てんちゅう》が結果的には殺人未遂の被害者であり、それを下したのが慶輔の実父であるとはさすがに誰も予想もできなかっただろう。

出版社が仕掛けて。

マスコミがノッて。

本がバカ売れして。

それで、皆が野次馬的にガンガン煽《あお》って。

結果――こういう悲劇になった。

こういうのを悪意なき無責任の連鎖というのではなかろうかと、桜坂は今更のように思わずにはいられない。

《きっと『MASAKI』も、心中は複雑に屈折しまくりじゃない？》

《収まるモノも収まりようがなくなって……でしょうか》

意味深に発言する司会者の台詞を聞き流して、桜坂は二階の自室に戻った。

そして。どっかりとベッドに腰を落とすと、中野に電話をかけた。

2《ツー》コールで、すぐに中野が出た。まるで、今か今かと桜坂からの連絡を待ち構えていたかのように。

『見たか？』

「――見た」

『さっき、山下《やました》からもメールが来た』

その内容ならば、いちいち中野に確かめるまでもないだろう。なぜなら、たぶん、桜坂も同じ心境だからだ。

『篠宮……大丈夫かな』

大丈夫。

心配ない。

――などとは、とてもじゃないが気安く即答できない。事件が事件だからだ。ただのスキャンダルで収まるはずがない。

『いったい』

『どうして』

『こんなことに』

そのフレーズが、今更のように桜坂の頭の中でループした。

§§§§§　§§§§§　§§§§§　§§§§§

その朝。

「本当に、どうして、こんなことになっちゃったんですかねぇ」

加門《かもん》家の祖母は、テレビを見ながらボソリと呟いた。
祖父は返事をする代わりに、すっかり温くなってしまった茶を一口啜《すす》った。いかにも苦々しげに。眉間《みけん》に刻まれた縦皺《たてじわ》の深さが、言葉以上に雄弁であった。
《本当に驚きました。緊急手術により慶輔氏は一命を取り留めた模様ですが》
《ホテルで刺されたんでしょ?》
《そのようです》
《スイートに例の愛人と一緒に泊まってたって? なんとも豪勢だねぇ》
祖父の眉間の縦皺が不快げに更に深くなるのを、沙也加《さやか》は黙って見ていた。
《まぁ、今や、五十万部突破の大ベストセラー作家ですから》
《でも、そのせいで刺されちゃったんだよね。親父さんに》
《浅見《あさみ》さん。まだ、告白本が原因だと正式発表されたわけじゃないですから》
《何言ってンの。誰が、どこから、どう見たって、そうとしか考えられないじゃない。ねぇ、川口《かわぐち》先生?》
同意を求められて。知識人代表であるコメンテーターは何かと過激発言で物議を醸す浅見とは一線を画すように、
《それは、まぁ、なんとも。あくまで想像の域を出ないわけですから》
ソフトな語り口で言葉を濁した。

《版元の銀流社《ぎんりゅうしゃ》の関係者によると、どうやら、事件は編集者と慶輔氏の次回作の打ち合わせが終わったあとに起こったようです》
《スゴイな。暴露本が出たばかりなのに、もう、第二弾の打ち合わせなんだ?》
沙也加は思わずドキリとする。暴露本第二弾。そんな企画が本当にあるのだと知って、唇の端をわずかに歪《ゆが》めた。
《それは、慶輔氏は誰も聞いたことすらなかった銀流社の名前を一躍天下に知らしめたドル箱作家ですから、むしろ、当然なのでは?》
《他社に持って行かれないように、ですか?》
《原稿料もグッと跳ね上がるでしょうし》
《それって、一律じゃあないの?》
《やっぱり、それなりの格差はあるんじゃないでしょうか。引き抜きの条件的にも》
《俺は、柳の下にドジョウは二匹もいないと思うけどなぁ》
《いや、いや。不況といわれる出版業界にとって、今どきハーフミリオンという実績はバカにできません》
《そうですね。いくら良質な本を世に送り出したとしても、実際、売れなければどうにもならないわけですから》
《それで、この間も中堅どころの出版社が倒産しましたし》

《人間性は別にして、売れる作家がよい作家……という時代ですかねぇ》

話題が作家談義に移ったところで、

（バッカみたい。なんで、こんなことになっちゃうのよ。ホント――バカみたい）

沙也加は内心で吐き捨てた。

深夜――というよりは真夜中に、突然、由矩《よしのり》がやってきた。家の固定電話の電源を抜いたままになっているので連絡のしようがないと、わざわざ出向いてきたのだという。

いきなり。

突然。

いったい――何事？

夜の夜中に裏の勝手口ドアをノックしまくる不審者に、一一〇通報する寸前であった。

しかし。

「さっき、雅紀から連絡があって。篠宮の爺《じい》さんが慶輔を刺したショックで倒れて、そのまま死んだらしい」

由矩の口から衝撃的なことを聞かされて、祖父母も沙也加もただ呆然《ぼうぜん》絶句したのだった。

「とりあえず、雅紀からまた電話があったら連絡するから」

その唯一の手段である沙也加の携帯番号を控えて、由矩が帰ったあと。そんなまだるっこしいことをせずに、直接雅紀に電話をして詳細を聞いてみれば？　――と祖母に言われて、沙也加は一瞬凍り付いた。

雅紀の携帯番号なら、すでに登録済みである。

だが、一度もかけたことはない。雅紀の声を聴いてしまったら、抑えきれないモノが込み上げてきてどうしようもなくなるから。

電話をしたいけど、かけられない。

声を聴きたいけど——聞けない。

沙也加は、ずっと、ジレンマの中で煩悶《はんもん》し続けていた。

けれども。

あの日。

加門家を訪れた雅紀と五年ぶりに対面して。カリスマモデルと呼ばれるほどに磨きのかかった美貌《びぼう》を目の当たりにし、どうしようもないほどの思慕で胸が掻《か》きむしられた。しっとりと艶のある生声を耳にして、胸を締め付けられ。そして——絶望した。

さりげなく忌避されたのではなく、

『そんなこと、意味ないだろ』

一刀両断にされて。

『おまえとは無関係だから』

完璧《かんぺき》に拒絶されたのだ。再会は感動の対面ではなく、自分は雅紀にとって不要の人間なのだと思い知らされただけだった。

——いや。雅紀だけではなく。

『聞いても、俺には何もできないから』

尚人にも。

『お姉ちゃんには絶対に許せないことでも、そんなこと、おれにはどうでもいいことだから』

裕太にも、だ。

篠宮の家は、沙也加にとっては呪《のろ》わしくて忌まわしくて穢《けが》れた場所《象徴》でしかない。だが、兄と弟にとっては『家族』という絆《きずな》の拠《よ》り所であるのだと裕太に言われた。

『でも、お姉ちゃんは違う』

——のだと。

篠宮の家を捨てた沙也加は、生理的嫌悪と憎しみの元凶でもある慶輔と同じだと言われた。とてつもなく、ショック……だった。

家を捨てて出て行ったのだから、沙也加には何を言う資格も権利もない。そう決めつけられて——絶句した。

自分はもう、本当に独りぼっちになってしまったのだと思い知らされた。

なのに、雅紀に電話なんかできない。慶輔が刺されたくらいで、篠宮の家に電話なんかしたくない。今更、尚人の声なんか聴きたくない。

そのとき、祖父が言った。

「よけいなことはせんでいい」

心底、ホッとした。

「あの男も、堂森の爺さんも、わしらにはすでに赤の他人だ」

唇重く、祖父は言い捨てた。

慶輔の不倫騒動が発覚してから今日に至るまで、加門家の人間として、堂森《篠宮家》への不信と憤激は大きい。もっと早く、やるべきことをやっていたら、たぶん今回のようなことにはならなかっただろう。

ある意味、自業自得の結末ではないか。

そう決めつけるには、なんともやりきれない後味の悪さが残るが。慶輔の暴走を止める責任は多少なりともあったはずだと、加門の祖父は信じて疑わない。

裏を返せば。祖父自身、一人娘をあんなふうに死なせてしまった自責の念がいまだに胸深く凝《しこ》っているからだ。老齢の親よりも先に我が子が逝《い》ってしまう慟哭《どうこく》は、決して消えない。

その傷跡は――癒えない。

由矩が帰ってから、沙也加は眠ろうにも眠れなかった。神経がささくれて気が重く、まったく眠れなかった。

祖父母にとっては赤の他人で割り切れても、沙也加にとって慶輔は実父であり、拓也は実の祖父であることは否定のしようがない。穢らわしい母親の血を引く娘であることも。

今までは、極悪非道の父親に捨てられた可哀相な子ども――と呼ばれた。そんなふうに言われること自体、嫌悪しか感じなかった。

だが。暴露本が出てからは、自分たちの知らなかったことまで事細かに暴き立てられて、それこそ人前で丸裸にされたような気がした。

許せない。

――赦さない。

その思いで、胸の奥がジリジリと焼け焦げそうな気がした。

《でも、あれだね。『ＭＡＳＡＫＩ』も今回ばかりは、さすがにやりきれないだろうねぇ》

《どうしてですか？》

《だって、言ってみれば『ＭＡＳＡＫＩ』は被害者の息子であり、同時に加害者の孫でもあるわけだし》

思わず、沙也加はギョッとした。

被害者の子ども。

加害者の――孫。

まさか、そんなふうに呼ばれるとは思ってもみなかった。

《身内で起きる事件は、やはり、残された方々にとってはやりきれない気持ちでいっぱいでし

ようねぇ》

《いっそ他人なら、恨み辛《つら》みも吐き出せるんだろうけどねぇ》

《残されたご家族が受けたダメージは計り知れないということでしょう》

——なんで？

——どうして？

——こんなことに？

慶輔の不倫が発覚したあの日から、もう何万回も繰り返してきた問いかけである。

自分たちばかりが、どうして？

なぜ？

いつまでもたっても不幸の連鎖を断ち切れないのだろう。

最低最悪な父親《慶輔》の次は短絡思考の祖父《拓也》の尻拭いまでさせられるのかと思うと、もう、本当にウンザリだった。

(刺されたのなら、いっそ死んでしまえばよかったのに)

本音で、それを思う。

自分の前から、永久に消えて欲しい。そしたら、どんなにか清々するだろう。

そして。加害者の孫——そんな人生の汚点とも言うべき烙印《らくいん》を押されたショックも露《あら》わに、こんなことをしでかしてしまった拓也が急死したと知っても、悼む気持ちにもなれない沙也加であった。

§§§§　§§§§　§§§§　§§§§

午前十一時を過ぎた頃。尚人も裕太も、リビングのソファーに座ってテレビを見ていた。朝からテレビ……。平日休日は関係なく、篠宮家では滅多にない光景である。だから、今日は特別。そう言えなくもないが。

「明仁おじさんって……こんな顔だっけ？」

ボソリと、裕太が言った。

テレビでは、疲れ切った顔つきの明仁が今回の事件についての会見を行っていた。

引きこもり生活が長かった裕太にとって、篠宮関係だけではなく加門の親類縁者も皆同じである。名前も顔もウロ覚えで、古い記憶をまさぐっても誰がどちらの伯父か叔父なのかもはっきりしない。

「だいぶ老けちゃってるけどね」

それは、親類付き合いなど絶えて久しい尚人にとっても同じようなものだったが。

かろうじて尚人の記憶にあるのはいつも作務衣《さむえ》姿の優しい笑顔だったが、テレビに映るスーツ姿の明仁はまるで別人のようだった。

憔悴《しょうすい》感と沈痛感の中に、どこにもぶつけようのない怒りのようなものが透けて見えた。こういう会見の場に出てくることさえ不本意なのは疑いようもない。

それでも、親族代表——被害者の兄として、同時に加害者の息子として公式にコメントを出さなければ収拾がつかないのも事実であった。一連の事件絡みで、報道陣の雅紀に対する過剰とも言える取材合戦を見ていれば丸わかりであった。

だからこそ、明仁の顔は硬く強ばりついたままなのだろう。

雅紀はすでに仕事に入ってしまったのか。携帯電話のメールボックスには、

『明仁伯父が今回の事件について午前十一時頃に会見する予定』

その一文が残されていただけだ。

見ろ——とも。見るな——とも、書かれていない。

つまりは、とりあえず、尚人たちの判断に任せるということなのだろう。だから、裕太の意見も聞いてテレビをつけてみることにしたのだ。

何が、どうなって、ああいうことになったのか。あとで雅紀に又聞きするよりも早そうだったからだ。

結局、あれからなんだかんだで尚人が寝たのは午前三時を回りきり、起きたのは九時過ぎだ

った。さすがの尚人の体内時計も今日ばかりは正確に作動しなかった。
それは、二度寝することになった裕太も同じである。
なので。尚人も裕太も、先ほど遅めの朝食を終えたばかりであった。
《慶輔氏の容態はいかがですか？》
《今は安定しています》
《術後に脳内出血を起こし、一時は重篤な状態だったと聞きましたが》
《先生方の迅速な処置により、二度目の手術も無事に乗り切りました》
淡々とした明仁の口調に乱れはなかった。
慶輔がそういうギリギリの状態であったことを知っても、尚人も裕太も顔色ひとつ変えなかった。
ふーん、そうなんだ？
——とは思っても。もはや、無駄に感情を掻きむしられることもなかった。ただの強がりや見栄でもなくだ。
《慶輔氏を刺した拓也氏が搬送された病院で亡くなったのは事実ですか？》
《そうです》
とたん、カメラのフラッシュが洪水のごとく炸裂《さくれつ》した。
それまで淡々と対応していた明仁の片頬が、わずかに引き攣れた。

芸能人でもない一般人にとって、それだけでもけっこうなプレッシャーではなかろうかと、尚人は思わずにはいられなかった。それを言うなら、会見自体がすでに相当なストレスであることには違いないだろうが。

「じーちゃんのお通夜って、今日？」

「たぶん」

「おれたちも出るわけ？」

ここ数年来、堂森の祖父母とは疎遠になっていたが。ごく普通に考えて、孫であるからには出ないわけにはいかないだろう。

ただ死んだときの状況が状況だけに、本当に通夜が今夜行われるのか、その後の予定がどうなるのか、尚人にはまったくわからなかった。

「それは、雅紀兄さんが帰ってきてから聞けばいいんじゃない？」

その件も含めて、すべては雅紀の連絡待ちでしか動きようがない。

朝起きて、窓の外をチラリと覗いたら、雅紀が懸念していたように家の前にはマスコミが大勢張りついていた。電話もインターフォンも切ってあるから、外の喧噪《けんそう》が家の中にまで入り込んでくることはないが。

「……だよな。なんでもかんでも雅紀にーちゃん任せっていうのが、なんだかなぁ……って気はするけど。実際、こういうときって、ホント、おれたちは何の役にも立たないただのガキだもんな」

今更のように実感する。

すべてを雅紀に任せていれば何の心配もないが、そうやって雅紀にばかり負担をかけるのが心苦しい。それをチラリと漏らすと、雅紀は口の端で笑った。

『おまえはおまえにしかできないことを、ちゃんとやってるじゃないか。おまえに家のことを任せておけるから、俺は安心して仕事ができるし。裕太だって、それなりに変われた。家に帰ってくればおまえがいる。それが、俺の一番だよ』

できることと、できないこと。

頑張れることと、頑張れないこと。

その線引きは千差万別で単純には決められない。何が幸せで、どれが不幸であるかもだ。

人の価値観は様々で、幸せの定義も一律ではない。他人から見れば、自分たちは極悪非道な父親に見捨てられた可哀相な子ども——であるのだろうが。尚人は、自分が可哀相だとは思わない。雅紀にちゃんと愛されていると知っているからだ。

雅紀がいて、裕太がいる。学校に行けば、桜坂がいて中野も山下もいる。

多くを望みすぎない、ささやかな幸せ。それを、頭の隅で思い描く。

《今回の事件について、どう思われますか？》

《やりきれない思いでいっぱいです》

それ以外に何も答えようがないというのが、偽らざる本音だろう。

いったい、なぜ、こんなことに？

悲惨な事件のあとには、それが世間の決まり文句だが。残された家族には更に深い悲しみと悔恨めいた思いが付きまとう。

こんなことが起きる前に、もっと何か、自分にできることがあったのではないか――と。

もしも。

……だったら。

…………していれば。

想いはループする。考えてもしようがないことを、繰り返し――繰り返す。突然の喪失感と抑えがたい憔燥感に身悶《みもだ》えながら。

これはもう、経験した者にしかわからない。誰が、どんな言葉で慰めてくれようともだ。そういう同情心ですらストレスになる。心ない中傷や無責任な誹謗《ひぼう》であれば、なおさらに。

それでも、まだ、そういう悪感情を吐き出せる憎悪の対象が赤の他人であれば、少しは救われるのかもしれない。被害者も加害者も身内という場合には、感情の吐き出しようがない。ただただ、やりきれなさが残るだけだ。

いったい、なぜ？

どうして、こんなことに？

切実に、声を大にして問いかけたいのは、その場にいる誰よりも明仁自身だったりするのかもしれない。

《やはり、慶輔氏の告白本が原因でしょうか？》

《父が亡くなってしまった以上、憶測で私が父の気持ちを代弁することはできません》

詭弁《きべん》でも逃げでもなく、そうとしか言いようがない正論である。

拓也が何を思い、何をどうしたかったのか。

その真実を語れるのは、本人だけである。だが、それを問《と》い質《ただ》すことは永久にできなくなってしまった。

《今、私に言えるのは、ただやりきれない。それだけです》

溢《あふ》れかえる苦汁が込み上げてきて止まらない。そういう顔つきであった。

《今回のことで、またもや甥《おい》や姪《めい》たちを理不尽な醜聞の泥沼に引き摺り込んでしまうのではないかと思うと、言葉もありません。ですので、どうか、マスコミ諸氏におかれましては、子どもたちへの配慮をよろしくお願い申し上げます》

そう言葉を切って、明仁は深々と頭を垂れた。

その瞬間。尚人は、胸の奥がジンと熱く疼いた。

（まーちゃんだけじゃないんだ？）

こうやって、自分たちはちゃんと見守られているのだと。今更のように実感させられた。

§§§§　§§§§§　§§§§§　§§§§§

午後三時。

グラビア撮影を終えてスタジオを出た——とたん。雅紀は、待ち構えていた報道陣に取り囲まれた。ある意味、予想通りに。

——と言っても。マスコミによる自主規制なのか、それとも、雅紀の地雷を踏まないための暗黙のルールでもあるのか。雅紀を取り巻く円陣はいびつに歪んで、奇妙な緊張感が充満していた。突きつけられたマイクもＩＣレコーダーも、どこから見てもへっぴり腰である。

その分、なんとしてもコメントを取りたいと張り上げる口調はいつも以上にけたたましかった。たとえ、無駄な努力に終わるとしてもだ。

自局のカメラも回っていることではあるし。スタジオに向けて、たとえ一言のコメントが取れなくても、与えられたノルマはきっちりこなしてます——的なアピールは欠かせないのかもしれない。

「『ＭＡＳＡＫＩ』さん。今回の事件に関して、一言お願いします」

「慶輔氏の手術に立ち会ったというのは本当ですか？」

「今の心境はいかがですか？」

「拓也氏の行動について、どう思われますか？」

「拓也氏が慶輔氏を刺した動機についてはどうですか？」

「被害者の息子でありながら加害者の孫でもあるという立場になった今の心境は？」

「拓也氏が亡くなられて事件としては一応の決着を見たわけですが、慶輔氏とご実家の関係はどうなると思いますか？」

「慶輔氏の愛人がご実家を訴えるとの噂もありますが。本当ですか？」

たとえ、それが耳障りな雑音とは言いがたい詰問であったとしても、無言のままの雅紀の歩みが止まることはない。一点に据《す》えられた視線が揺らぐこともない。

「先ほど明仁氏の会見がありましたが、ご覧になりましたか？」

（見てるわけないだろ、バーカ。こっちはずっとスタジオにこもって撮影だっつーの）

明仁が異例の早さで会見という形をとったのは、おそらく、周囲の影響を考えた末の苦渋の決断だろう。

暴露本に対するコメントは黙殺できても、傷害事件ともなれば話は別物だ。憶測と邪推で理不尽に真実をねじ曲げられるよりは、事実はきっちりと語っておくほうがマシ。たとえ、それが結果としては死者に鞭打《むちう》つことになっても、残された家族にとっては更なる激痛を伴うことになっても。明仁がそう決めたのなら、雅紀に否はない。

「明仁氏とは、密に連絡を取っているんですか？」

「通夜には、兄弟揃《そろ》って出席されますか？」

「妹さんとは、直に話をされたんですか？」

一方的に投げつけられる質問に雅紀が耳を貸すこともなければ、ほんのわずかでも心を動かされることもない。

いつも通りの鉄壁なポーカーフェイスが微塵《みじん》も崩れることもないまま、雅紀の歩みは止まらなかった。

《＊＊＊断層＊＊＊》

カラリと晴れ上がった、その日。

堂森《どうもり》の篠宮《しのみや》家では、ひっそりとしめやかに拓也《たくや》の葬儀が執り行われた。

スキャンダラスで後味の悪い事件の顚末《てんまつ》ということもあり、いまだ慶輔《けいすけ》の意識も戻らない状況で、ショックのあまり祖母の秋穂《あきほ》までが緊急入院という、何もかもが異例ずくめの中でのことである。

もしかして、下手をすれば連続して葬式を出すことになるのではないかと、最悪のシナリオが頭を過《よ》ぎりつつ。親族たちは秋穂の病状を気遣い、内心で慶輔を罵倒《ばとう》し、誰もが自分のやるべきことを黙々とこなした。

そうすることでしか、喪失感と憔悴《しょうすい》感でグチャグチャになった気持ちを紛らわせることができなかった。

本当に、親族だけでひっそりと。おそらく、拓也自身も、こんな慎ましい葬式になるとは思ってもみなかったに違いない。

（なんか……思ってた以上に淋しい葬式だよな）

裕太《ゆうた》ですら、それを思わずにはいられないほどに。

（お母さんのときは、もっと派手だったような気がするけど）

葬式に『派手』というのも、なんだか場違いのような気もするが。そういうイメージしか、思い浮かばない。

その違和感は、ここが葬儀場ではなく自宅だからかもしれない。

今回はどうにもやりきれない気持ちを無理やり押し殺して、皆が皆、涙を拭《ぬぐ》うというよりはむしろ真一文字に硬く口を閉ざした姿ばかりが目立つ。

低くうねるような読経《どきょう》。

線香の匂《にお》い。

壁一面を埋め尽くす生花。

裕太の脳裏に焼き付いているのは、その三つだ。

けれども、棺の中の母親の死に顔はウロ覚えだった。母親の死という現実が受け入れがたかったせいなのか、当時の風景ですら、ボヤけたままではっきりしない。

ふと、それを思い。すでに記憶が曖昧《あいまい》に風化しかけていることに気付いて、裕太はドキリとした。

裕太たちは通夜には出なかった。

雅紀《まさき》が、そう言ったからだ。

なぜだか、知らない。

たぶん、大人の事情ということなのだろうが。その理由を問うこともなかった。裕太だけではなく、尚人《なおと》も。知る必要のないことを聞いても意味がないからだ。

チラリと横に目をやれば、数珠《じゅず》を握りしめた手元を見つめたままの尚人がいる。その横顔はわずかに強ばりついているようにも見えた。

(だから、ナオちゃん、気ィ遣いすぎ)

自分たちは『孫』としての義理を果たしに来ただけなのだから。たとえ、感情論的には望まれない参列者であったとしても。

あからさまではないが、非難と忌避のこもった眼差し。

『おまえたちの親父のせいで、こんなことに』

『よく平気で顔を出せるな』

おそらくは、そういうことなのだろう。

だから――何?

眼力を込めて睨《にら》み返すと、皆が同じようにどこか気まずげにスッと視線を逸《そ》らせるのが――笑えた。決して裕太の被害妄想でないのがよくわかって。

慶輔とは、とっくの昔に絶縁した。だから、慶輔が何をしでかそうと自分たちにはなんの関係もない。そう思っているのは自分たちだけであって、篠宮の親戚筋から言わせると、裕太たち兄弟はどこまでいっても、彼らの日常をささくれ立たせる悪質なトラブルメーカーの血を引く子ども——でしかないのだろう。

それを言うなら、その逆も然《しか》りで。この場にいる親族は皆同じ血を引く者同士……だったりするのだが。血は繋《つな》がっていても、心情的にはあくまで蚊帳《かや》の外——自分たちは無関係で押し通したいのがミエミエだった。

反対側へと目を向けると、尚人と同じように学校の制服——色違いのブレザーを着た少年二人が神妙な顔で座っていた。智之《ともゆき》叔父の息子は高校三年生と一年生であるらしい。

尚人がこっそり教えてくれるまでは二人の名前も思い出せなかった。

智之の息子たちだけではない。親族とはいえ、疎遠すぎて誰がどこの誰なのかもわからないというのが裕太の本音だった。どうせこの場限りの鉢合わせだろうから、別に顔と名前を覚えようという気にもならない裕太だった。

更に言えば、拓也の死すらもそれほど悲しくはなかった。

母親の葬式のときには、涙が溢《あふ》れて止まらなかった。

ただ悲しくて。胸の奥がキリキリと痛くて。指の先が冷たく痺《しび》れた。堪《こら》えても堪えきれずに涙がこぼれ落ち、視界の中の何もかもが歪《ゆが》んで見えた。

あのときに一生分の涙を流しきってしまったのではないかと思えるほど——泣けた。

拓也には可愛《かわい》がってもらったという記憶は微《かす》かにあるが、ただそれだけだった。薄情だと詰《なじ》られても、涙のひとつもこぼれなかった。

慶輔を刺して、拓也が死んだ。そこには、皮肉としか言えない現実があるだけだった。

今更『なぜ?』だの『どうして?』だの、そんなことを考えてもしょうがない。それが裕太の本心だった。

葬儀の参列者——篠宮家の親族ばかりでギッシリ詰まった広間の末席で、誰とも視線を合わせないように沙也加《さやか》はずっと俯《うつむ》いていた。

イライラする。

ムカムカする。

ジリジリする。

そういう、どうしようもなく不快な気分が込み上げてくるのを沙也加は実感しないではいられなかった。

人いきれに酔ったわけではない。ろくに顔を覚えてもいない居心地悪さに身の置き所がないわけでもない。ただ——不快だった。

昨夜の夕食後に、祖母から聞かれた。

「お葬式は明日の朝十一時からだって。沙也加は、どうする？」

結局、通夜には行かなかった。呼ばれなかった——からだ。

篠宮の人間とはすでに赤の他人——と言いきった加門《かもん》の祖父母が葬儀に出席するつもりがないことは明白だが。

「義理を欠くことになっても、おまえが嫌なようなら無理に参列しなくてもいい」

「そうだよ？　沙也加」

祖父母は、沙也加の意思に任せると言ってくれた。

これが老人にありがちなごく普通の死に様ならば、祖父母もそういう言い方はしなかっただろう。いまだに母親《奈津子》の月命日には墓に詣《もう》でることを欠かさない祖父母であるから、自分たちの心情がどうであれ、孫としての義理を欠かさないようにと促したことだろう。

しかし。拓也が死んだ事情が事情である。テレビでも新聞でもネットでも、衝撃的《センセーショナル》なその話題が尽きることはない。

今まではどこか対岸の火事的な気分だったろう篠宮の親族も、慶輔の暴露本のせいで今やスキャンダルの集中砲火である。

借金まみれになった自己責任を転嫁して、金策に耳を貸そうともしなかった者への逆恨みが炸裂《さくれつ》していたからだ。本当に、慶輔の下劣な本性が丸出しであった。

そんなときに行われる拓也の葬儀である。何もないわけがない。祖父母としては、何よりもそれを懸念しているに違いない。

どうする？

――と、問われて。一番最初に沙也加が口にしたのは。

「尚たちは、どうするって？」

そのことだった。

「尚君と裕太ちゃんは参列させるって、雅紀ちゃんが言ってるみたい」

それも、由矩《よしのり》からの情報だろう。

「させるんだ？」

自分の意思で参列するのではなく、させる。きっと、裕太が嫌だと言っても長兄の権限で有無を言わせず押し切ったに違いない。すんなりとそれが頭に思い浮かんで、沙也加はわずかに唇の端を歪めた。

「それで、あたしにも参列しろって？」

雅紀がそんなことを言うはずがないのは承知の上で、口にする。

「それは、おまえの判断に任せるそうだ」

ほぉら、やっぱり……。

沙也加の唇の歪みは、更に大きくなる。

「雅紀もきっと、思うところがあるんだろう」

「そうですねぇ。沙也加の意思を尊重すると言ってくれてるんだから、無理しなくてもいいのよ?」

雅紀なりの思うところ?

沙也加の意思を尊重?

(そんなもの、あるわけないじゃない)

苦々しく内心で吐き捨てた。

弟たちを強制的に参列させる気遣いはあっても、沙也加のことなど眼中にもないのだ。祖父母は、それを雅紀の優しさだと誤解している。

それって——違うからッ!

沙也加が口から唾《つば》を飛ばしまくって何を力説しても、雅紀を信頼しきっている祖父母は信じてもくれないだろうが。

沙也加は知っている。雅紀だけではなく、弟たちにとっても、もはや自分は無用の存在なのだと。

それでも。

「——行くわ」

沙也加はきっぱりと口にした。

「尚たちが行くのに、あたしだけが欠席するわけにはいかないもの」

そんなことすら、兄弟たちは気にも留めないだろうが。

「だから、行くわ」

片意地ではない。

自暴自棄でもない。

ましてや、拓也への義理でもない。

どれだけ完璧《かんぺき》に拒絶されても、明日の葬儀に参列すれば雅紀に会える。いや……こんなときでもなければ、堂々と雅紀に会えるチャンスは二度とないだろう。

声をかけられなくてもいい。

視線を交わすことができなくてもいい。

ただ、雅紀に会いたい。その希求が止まらなかった。

雅紀に会えるのならば、あとのことはどうでもいい。そう思っていた。

――けれども。

堂森の篠宮家に着いて、すぐに後悔した。

沙也加に気付いているはずなのに、雅紀の視線は止まらなかった。その瞬間。沙也加は、まるで自分が透明人間になったかのような錯覚がした。

『おまえは視界に入れる価値もない』

そう言われたような気がした。

代わりに、裕太とバッチリ目が合った。

一瞬、目を瞠《みは》り。軽く、絶句した。

電話でしかイメージできなかった裕太が五年ぶりにリアルに感じ取れる衝撃は、そこにいる誰もが思い描いていただろう『引きこもり』という根暗な想像を見事に裏切っていた。

誰からも愛されたヤンチャぶりはすっかり影をひそめていたが、その顔つきは、むしろふてぶてしいほどにしっかりと落ち着き払っていた。

(これが……裕太?)

思っていたのとは、まるで、ぜんぜん違う。

周囲の空気を読もうともしない。人の言うことも聞かない。自分の都合が悪くなると、すぐにキレる自己チュー——だった弟は、かつての癇癪《かんしゃく》持ちのダメダメな落ちこぼれには見えなかった。

(ウソでしょう?)

むしろ。沙也加がどうにも我慢ならなかった甘ちゃんぶりがスッキリと削ぎ落とされて、その顔立ちがくっきりと引き締まって見えた。それは、こんな場でも不思議な清涼感を醸し出して周囲を和ませるかのような尚人と並ぶと、いっそう際立った。

(……なんで?)

真夏の病院で偶然尚人の姿を垣間見《かいまみ》た衝撃とは別のショックが、沙也加を愕然《がくぜん》とさせた。

沙也加が忌《い》み嫌うあの呪《のろ》わしい家で引きこもったままの末弟の、まったく予想外な羽化ぶりが信じられなかった。

尚人だけじゃなくて、裕太までもが……。

なぜ？

——あんなにも。

どうして？

——鮮やかに。

変身できるのか？

（お兄ちゃんに愛されてるから？）

——そうなのか？

『何も知らないと思ってるのは、お姉ちゃんだけだろ』

不意に、裕太の言葉がフラッシュバックした。

『おれだってナオちゃんだって、もうガキじゃない。何もわかってないのは、お姉ちゃんのほうだろ』

そのとたん。条件反射のように、ヒクリと喉《のど》が鳴った。

どうして、沙也加が家を出たのか。

母親が、なぜ——自殺したのか。

沙也加が母親の葬式にも出なかった、本当の理由。

尚人を嫌悪する——意味。

すべてを裕太に知られてしまったという現実を、そのことを考えないように無理やり頭の隅に押しやっていた事実を、この場でリアルに痛感させられた。

ドキドキドキ………と、鼓動が逸《はや》る。

ズキズキズキ………と、こめかみが引《ひ》き攣《つ》る。

バクン、バクン………と、心臓が軋《きし》む。

数年ぶりに会う明仁《あきひと》と智之にすんなりと弔意《ちょうい》を伝えることはできても、雅紀たちの傍には近寄ることすらできなかった。

兄弟とは言葉も交わさず、目も合わせず、あからさまな距離感を置く沙也加に訝《いぶか》しげな視線を投げて寄越す者たちがいたとしても、そんな沙也加を気遣って声をかけてくる者はいない。その妙に居心地の悪い孤立感に、むしろホッとした。


普段は閑静な住宅街にある篠宮家周辺は、朝から半端ではない数の報道陣と興味本位の野次馬とでごった返していた。

篠宮家へと続く進入路は車が通れないほどの人で溢れかえり、住人からの苦情が地域の交番に殺到した。そして、このままでは事故が起きかねないと判断した警察による異例の規制線が張られる騒動にまで発展してしまった。

世間の関心——いや、覗《のぞ》き趣味の野次馬根性がいかに強いか。それがリアルに生々しく証明された形になった。

とりあえず、報道関係者としてのIDを持たない見物人は進入路からは強制排除された。権力主義だの横暴だのと連呼する者たちも、所詮はただの野次馬である。

マスコミも、邪魔でしかないギャラリーが排除されて万々歳であった。

彼らの目的は拓也の死を悼《いた》むことではなく、悲嘆に暮れる親族への同情心でもない。拓也の葬儀の生中継という大義名分はあるが、あくまで、それは二の次であった。

マスコミ各社が喉から手が出るほどに欲しいのは、こんなときでもなければ絶対に揃《そろ》わないだろう篠宮兄妹弟《きょうだい》のベストショットであった。

誰もが認める超絶美形の長男。

皆が口を揃えて正統派美人だと言い切る長女。

和み系の美少年の次男は頭のデキも半端ではなく。

引きこもりの末弟は誰からも愛されるヤンチャな可愛らしさ——だったらしい。

そんな、近所でも評判だったという美形四兄妹弟の素顔が生で拝めてひとつのフレームに収まるチャンスなど、これが最初で最後かもしれない。

引きこもりの末弟が参列するかどうかは直前まで疑問視されていたが、千束《ちづか》の家を三兄弟揃って出たとの情報が駆け巡ったときにはどよめきが上がった。

——よし、来い。

報道陣は色めき立った。

祖父母の家から長女がフォーマル姿で出るのも目撃された。

——これで、イケる。

期待はいやが上にも高まった。

老親が息子を刺して、逆にそのショックで脳卒中を起こして死んでしまうという事件は悲惨だが。おかげで、貴重な絵になるショットが——バッチリ撮れる。

葬儀が終わって篠宮兄妹弟が出てくるのを、報道陣は今か今かと待ち構えていた。

しめやかに告別式が執り行われ、何事もつつがなく……と言うには沿道の報道陣の数があまりにも多すぎて。二重三重の人垣と炸裂するフラッシュに取り囲まれて、拓也の遺体を乗せた車が遅々として進まないというトラブルが勃発し、智之が怒声を通り越した罵声《ばせい》を放つ一幕もあったが。

昨日。通夜の準備に追われる篠宮家には、すでに餌《えさ》に群がるピラニアのごとくマスコミが押

し寄せている状況を聞いて、熟考の末、雅紀は通夜には出ないことにした。それを電話で明仁に伝えると、疲れ切った声で、

『すまんな』

不義理を詰るわけではなく、そう言った。その代わりに、葬儀にはぜひ参列して欲しいと。

明仁の言葉に嘘偽りはないだろう。他の親族はどうだか知らないが。

葬儀場ではなくあえて自宅で告別式を選んだ理由は、画一的なセレモニーにはしたくないという明仁たちの強い想いがあったからだ。

厳粛《げんしゅく》な場を無神経なマスコミに土足で踏み荒らされたくない。言ってみれば、それに尽きた。

こんな状況では、残された家族にとっても気持ちの整理は不可欠である。一日やそこらで整理がつくわけでもないが、葬儀が先送りにできない現実である以上、その選択肢は限られている。

親族は二台のマイクロバスに乗って火葬場に向かった。

その火葬場にも無神経なマスコミが押し寄せて、何も知らなかったらしい他家の親族の神経まで逆撫《さかな》でにした。

明仁が口にした『節度ある報道姿勢』への提言も懇願も、結局は無駄に終わった。

（ホント、どうしようもねーな）

今更ながらに、それを思う雅紀であった。

知る権利とやらを振りかざすマスコミの無節操な横暴ぶりは嫌というほど見知っていたつもりだが、それでも、告別式という厳粛な場では最低限の暗黙のルールはあると思っていた。

まったくもって、甘かった。

食らい付いたらどこまでも……骨までしゃぶり尽くすのが自分たちに与えられた特権。特別ルールだと思っているのかもしれない。

昨日。昼食のあとに、

「明日の葬式、おれたちはどうすんの？」

裕太に聞かれたとき。

「おまえたちは、どうしたい？」

雅紀は、もちろん出席するつもりだったが。弟たちに無理強いするつもりはなかった。

一連の事件からこっち、もう充分すぎるほどに弟たちは傷ついている。たとえ、表面では平静を装っていてもだ。

今回のことは、更に駄目押しとも言える衝撃である。連鎖する『負』はどうやっても断ち切ることができないのだろうかと、さすがの雅紀ですら、どっぷりとため息を漏《も》らすしかなかった。

まさか、こんなことになるとは……。

今更、何を言っても愚痴《ぐち》になるだけだが。

だからこそ。篠宮の親族への義理ではなく、世間の常識論よりも何よりも、雅紀は弟たちの意思を尊重したかった。

「えーと、マジ本音で？」

「あー」

「ぶっちゃけ、じーちゃんがどうのこうのっていうより、マスコミに付け回されてモミクチャにされるのはイヤだ。雅紀にーちゃんは余裕で蹴散《けち》らせるかもしんないけどさ。なんか……想像するだけで、もうウンザリ」

もっともな言い分である。

（そりゃ、ずっとヒッキーだった裕太には荷が重すぎるかもな）

外に出て人酔いする以前の問題だろう。

「ナオは？」

「俺は……行かないで後悔するより、ちゃんとキッチリ見送りたいかなって」

（ナオらしいな）

優等生すぎる建前論ではなく、それが尚人の本音だと知っている。

たとえ、生前の拓也が、尚人にはなにげに暴言まがいのキツイ言葉ばかりを投げつけていたとしてもだ。

(祖父《じい》ちゃん、よかったなぁ。あんたはナオの優しさが物足りなくてキツイことばっかり言ってたけど、あんなことをしでかして俺たちに不本意な尻拭《しりぬぐ》いを押しつけても、ちゃんとナオが見送ってくれるってさ)

こんなことになって、ただの義理ではなく本心でそれを思っているのは、もしかしたら尚人だけではなかろうかという気がしないでもない雅紀であった。

いったい、なんで、こんなバカなことをッ？

篠宮の親族でそれを思わない者は一人としていないだろう。

「ンじゃ、おれもそれでいいや」

「無理しなくていいぞ？」

雅紀が冷然とした口調で茶化すと。

「だから、いいってば。マスコミにモミクチャにされるのはイヤだけど、おれ一人だけ置いてけぼりくらうほうがもっとイヤだっつーの」

ムキになる裕太が妙に可愛くて、内心、笑えた。

それにしても、大した進歩である。

過去、裕太が家を出たのは。食う物も食わないで栄養失調になりかけて病院に担ぎ込まれたときと、慶輔をバットで殴って勝木《かつき》署に保護されたとき。そして、真山瑞希《まやまみずき》が熱中症で倒れたトバッチリで、尚人が救急車で病院に搬送されたときだけである。

そこには不本意なアクシデントと予想外のトラブルと予期せぬハプニングがあっただけで、言ってみれば裕太の意思ではなかった。

それが、この変わりようである。雅紀が裕太に言ったことが決して無駄ではなかったと知って、本音で嬉《うれ》しかった。だからといって、それが顔に出るようなことはなかったが。

そういうわけで三人揃っての参列だったわけだが、まさか、そこに沙也加までもがやってくるとは思ってもみなかった。

（なんだ、来たのか？　どういう心境の変化だったりするんだろうな）

事件が事件だから、沙也加は絶対に来ないだろうと思っていた。葬儀には自分たち三人が行くつもりであることを由矩に伝えてあったので、だったら、沙也加はなおのこと敬遠するだろうと思ったのだ。

尚人に問答無用の平手打ちを喰《く》らわした経緯もあったし、さすがに、自分たちの前に出せる顔はないだろうと。

しかし。

それでも、沙也加はやって来た。

（ホント、わかんねーよな）

だからといって、その心境の変化を詮索するつもりもなかった。

この間、加門の家に行ったときに沙也加とのケジメはきっちり付けた。雅紀的には、それで充分だった。

雅紀は眉《まゆ》をひそめることもなく、視界からさっくりと沙也加をスルーした。これ以上、無駄に沙也加と関わる気もしなくて。もちろん、尚人に関わらせるつもりもなかったが。

その駄目押しであるかのように、

「大丈夫だって。お姉ちゃん、二度とおれたちには近寄ってこないと思う」

裕太は妙にきっぱりと断言した。

雅紀は、あえて『なぜ？』とは問わなかった。そこが拓也の告別式の場であり、長々と話をするような時間の余裕もなかったし、する必然性も感じなかったからだ。

『この先、俺がどんなに努力をしても沙也姉との溝が埋まらないなら、もう、いいかなって』

尚人がそう言ったからだ。

母親の死という現実に尚人を縛り続けていた唯一の枷《かせ》が、ようやく外れた。これで、尚人を煩《わずら》わせるものはなくなった。

雅紀的には、それで、いっそ清々した気分になれた。

欲しいものは、ただひとつだけ。これからの人生に不要なシガラミを切り捨てることに、もはやなんの迷いもない雅紀であった。

遺体を荼毘《だび》に付すための手続きを終え、火葬が終わるまで約三時間。その間に、親族関係者は待合室《ホール》で休憩を取る。

ソファーに座って故人の思い出を語り合う者もいれば、軽食を摂る者もいるし、本当にしばしの休息《睡眠》を取る者もいる。時間の過ごし方は人それぞれだ。

ただ、そこでもやはり、雅紀の存在が派手目立ちをするのはどうしようもなかった。

(やっぱ、まーちゃん、目立ちまくりもいいとこ)

内心、尚人はボヤかずにはいられない。

普段の雅紀は何を着てもサマになるが、礼服姿の雅紀にはストイックな気品が倍増されて、こんなときでも人を魅了せずにはおかない。

さすがに、この場で嬌声《きょうせい》を張り上げて携帯電話で写真を撮ろうとする者はいなかったが。

もしかしたら、瞬く間にメールが飛び交い、ツイッターで興奮ぎみに雅紀の今を実況中継している者がいないとも限らない。

(すべてを規制するなんて、無理だよなぁ)

老若男女の視線が集中してざわつくホールをさりげなく見渡して、尚人はひっそりとため息をこぼした。

(あー……なんか喉《のど》も渇いたな)

葬儀の間中、緊張して——ではないが。

特に何をするでもなく、ただ時間を潰《つぶ》すというのが苦手なだけだ。こういうのを貧乏性というのかもしれない。

「雅紀兄さん。俺、自販機で飲み物を買ってくるけど、何かいる?」

「そうだな。コーヒー缶のブラックを頼む」

「裕太は?」

「お茶」

「わかった。じゃ、ちょっと行ってくる」

ソファーから立ち上がったとき、別のソファーに座っている沙也加の顔がチラリと視界を掠《かす》めたが。たとえ沙也加のそれが尖《とが》りきった視線であっても、尚人の感情が無駄にブレるようなことはなかった。

理由もなくいきなり殴られたことで、沙也加へのこだわりも一気にこそげ落ちてしまったというより、ようやく切り捨てにする決心がついた。つまりは、そういうことである。

ホールからはちょうど死角になっている通路の奥に、自動販売機のコーナーはあった。

——と、そこには先客がいた。

濃紺の学生服《ブレザー》という後ろ姿で、智之の次男である瑛《あきら》だと知れた。

今日の葬儀で学校の制服姿の男子は尚人を含めて五人しかいない。内、二人が智之の息子たちで、あとの二人がどこの誰なのかわからなかった。

瑛は、三台並んだ自販機の真ん中で仁王立ちになっていた。

何を買うのか、ただ迷っているだけなのかもしれないが。小学校から野球をやっているらしいガッチリとした体格のよい後ろ姿は、先ほどからピクリともしなかった。

一言、何か言葉をかけるべきだろうか……迷ったが。とりあえず、尚人は一番右端の自販機へと歩いた。

すると。いきなり、瑛が振り向いた。

そして――尚人を見るなり固まった。双眸《そうぼう》を見開き、言葉を呑《の》んで、ギュッと拳《こぶし》を握りしめた。

尚人は、どういうリアクションをすべきか迷う。瑛の視線が、思った以上に刺々《とげとげ》しくて。こんなとき、何を言えばいいのか――わからない。瑛とは従兄弟《いとこ》であるというだけで、今ではあまりにも疎遠すぎて。

「なん……で、だよ?」

奥歯を軋《きし》らせるように、突然、瑛が言った。

「どうして……なんだよ?」

投げつけられる言葉の意味が、わからない。あまりにも端的すぎて。

「全部……なにもかも、おまえの親父のせいだろ。なのに、なんで……平気な顔して祖父ちゃんの葬式に顔を出せるんだよ」

尖りきった声が、尚人の頬《ほお》を張った。

——瞬間。

「瑛ッ」

ピシリとしなるような声が背後から被《かぶ》さってきた。

尚人と瑛が、同時に振り向く。

「何やってんだ、おまえ」

そこには、黒灰色のブレザーを着た少年がキツイ目で瑛を見ていた。

(零《れい》……君)

「兄ちゃん」

一瞬、狼狽《うろた》えたように瑛の声が上擦《うわず》る。

零は瑛を睨《ね》め付けたまま、さっさと戻れ——とばかりに顎《あご》をしゃくった。

瑛はグッと下唇を噛《か》んだまま返す目で尚人をひと睨みすると、結局、何も買わずに自販機から離れた。ガツガツとした足取りは、いかにも不本意です——と言わんばかりだったが。

入れ替わりに、零がゆったりと尚人に歩み寄ってきた。見るからに体育会系な弟と違って、兄の零はホッソリと小柄だった。身長も体重も、たぶん尚人とたいして変わらないだろう。

だが。感情爆発寸前だった瑛を一声で黙らせるくらいだから、兄弟の力関係は体格差ではなく主導権はしっかり零が握っているに違いない。

「悪かったな、尚君」

開口一番、零は淡々と詫《わ》びた。昔ながらの呼び方には、不自然さの欠片《かけら》もなかった。

だから、だろうか。瑛に感じたような距離感も一気に縮まった。

気にしてないから——と言う代わりに、尚人は頭を横に振った。

「瑛の奴、こういういきなりハードな展開になって、ナーバスを通り越して頭の中がグチャグチャになってるもんで。だから、ゴメン」

それは、そうだろう。尚人ですら、こういう展開は予想もできなかった。

ある意味、スキャンダル慣れしていると言っても過言ではない尚人たちと違い、零たちはいきなり醜聞のドツボに嵌《はま》ったようなものだろう。

「——零君も?」

しごく普通に、尚人も昔の呼び方でその名前を口にした。

すると、零は口の端をほんの少しだけ歪めた。

「こうなった責任を、誰かに八つ当たりして喚《わめ》き散らせばそれで気が晴れるってわけじゃないからさ。図体ばっかデカくなっても、あいつはただのガキ」

零の言いたいことが、よくわかる。

あったことは、なかったことにはできないのだ。

絶対に。

——誰にも。

発端は確かに慶輔の暴露本かもしれないが、拓也のやってしまったことは消えない。その死をもってしても、なかったことにはできない。

実害を被《こうむ》った被害者が、ある日突然、加害者になる不条理。それは、野上《のがみ》の一件で嫌というほど思い知った。それが身内同士の骨肉の争いともなれば、やりきれない傷跡だけが深々と残る。

「とにかく、瑛にはあとで一発カマしとくから。それで許してくれるかな?」

「別に、俺は気にしてないから」

本心である。

「でもね、零君。悲しいときとか、怒りで頭が弾《はじ》けてしまいそうなときとか、やっぱり捌《は》け口《ぐち》は必要だと思うよ? 口にしないで溜《た》め込んじゃうと、よけいにグラグラ来ちゃうから」

実体験から来る、真摯《しんし》な忠告《アドバイス》である。

捌け口は必要である。けれど、そのやり方を間違えてしまうと、今回のような悲劇になってしまうのだろう。

——と、零はわずかに唇を和らげた。

「そういうとこ、ちっとも変わってねーな、尚君」

「え……?」

そういうとこ——って？

尚人がパチクリと双眸を見開くと、零の微笑は更に深くなった。

尚人と別れて、零がホールに戻ってくると。すかさず、瑛が擦り寄ってきた。

並ぶと、瑛のほうが頭半分は優に高い。しかも、肩幅でも胸の厚みでも更に負ける零であった。そんな体格のよすぎる瑛の腕を摑《つか》んで零はズカズカとホールを出て行き、玄関の端まで引《ひ》き摺《ず》っていった。

「兄ちゃん、ゴメン」

しおらしく口にする瑛を、零は上目遣いに睨め付けた。

「相手が違うだろ」

その台詞《せりふ》は自分にではなく、尚人に言うべきだった。

「だって、兄ちゃん。みんな、そう思ってンじゃん」

瑛は口を尖らせる。兄が弟の自分ではなく、尚人の肩を持つのが気に入らない——とばかりに。

慶輔の出した暴露本のせいで、篠宮の親族は皆、甚《はなは》だしい実害を被っている。興味本位の覗き見と同じだ。皮肉まじりにあることないことを言われ、冗談まじりにからかわれ、こっそりと後ろ指をさされた。

身内による、身内を誹謗中傷《ひぼうちゅうしょう》するための告白本《スキャンダル》。

それが悪趣味の極みであるにしろ、そこに何が書かれてあるのか読んでみないと反論もできない。そう思って、智之は『ボーダー』を買ったのだが。あまりにも身勝手なエゴ丸出しぶりに呆然《ぼうぜん》絶句し、驚愕《きょうがく》と衝撃が去ったあとに憤激が込み上げてきて、頭の血管がぶち切れそうになった。

独り善がりの、ひどく偏った思い込みによる暴露本。読む価値など、どこにもなかった。

しかし。エゴ丸出しではあっても、そこに書かれてあるのは一〇〇パーセントが嘘で塗《ぬ》り固められた作り話ではなかった。だからこそ、いっそうタチが悪かった。そういうことがあったことは事実でも、それが周囲の認識とはまるでかけ離れていたからだ。

赤の他人はそれでもいいかもしれないが、家族であり親族であれば、それは決して容認することのできないことであった。

親がそれを口にして憤れば、それが子どもにとっては真実になる。瑛が言っているのは、まさにそれだった。

だが、零が知る限り、たとえ内心はどうでも智之が零たちの前で慶輔を罵倒したことはなかった。

こんなことになる前まで——いや、正確には慶輔の不倫が発覚するまで、智之にとって慶輔は自慢の兄だったからだ。だからこそ、暴露本に関してはよけいに憤激が大きかったのかもしれない。が——それでも。世間が何と言おうと、子どもたちの前で声高に慶輔を罵《ののし》ったりはしなかった。

「みんなって、誰だよ?」

「だから、その……高村《たかむら》のおばちゃんとか佐竹《さたけ》のおじちゃん」

零はあからさまに舌打ちをする。こんなときでもなければ、顔を合わせることもない親族である。だからよけいに、口さがなくなるのかもしれない。

それでも。瑛の口から自分たちの母親の名前が出てこなくて、零は心底ホッとした。

今回のことで、父親も母親もすっかり参っている。特に、父親の落ち込みは激しい。

自分がついていながら拓也の凶行を止めることができずに最悪な展開になってしまったと、自責の念に駆られている。

いったい。

どうして。

——あんなことに。

拓也自身、慶輔と直談判して絶縁することにためらいはなくても、決して慶輔が死ねばいいなどと思っていたわけではないだろう。どれほどの確執があったとしても、親子とはそういうものだろう。

激昂《げっこう》した弾みの、ほんの一瞬の思ってもみない凶行。

慶輔は重体で、拓也は死亡。

その後悔と自責の念とで智之が悶々《もんもん》としているのが、零にも痛いほど伝わってくる。今はまだ、拓也の葬儀という名目があるからどうにか気を張っていられるが、そのあとはどうなるのかと。零は真剣に危惧《きぐ》している。

自分を責めるあまり、鬱《うつ》にでもなってしまうのではないか？

――いや。

最悪、自殺でもしてしまったら……どうしよう。

そんな夫《智之》へのフォローとショックで寝込んでしまった義母《秋穂》の世話で、母親《麻子》も疲れ切っている。

なのに。よりにもよって、こんなところで、尚人に八つ当たりの因縁を吹っかけようとした瑛の非常識ぶりが零にはまったく理解できない。

(何を考えてんだ？)

ムラムラと込み上げるものがあった。

(バッカじゃねーの？)

思わず罵声を投げつけたくなるのを、零はギリギリと噛み殺した。

(なんで、尚君なんだよ？)

ちょうど目の前にいたから？

篠宮兄妹弟の中で、一番、弱っちそうだから？

それって——違うからッ。

（そりゃあ俺だって、雅紀さんはマジで勘弁で、沙也ちゃんと目を合わせるのも極力パスしたいし、裕太もさっくりスルーに決まってるけど。だからって、尚君はねーだろ）

尚人が四人の中で一番ターゲットにしやすいなんて、まったくの思い込みにすぎない。ただの勘違い。いや——大きな間違い。

（なんで、それがわかんねーかな）

零は、それを思わずにはいられない。

あのとき。もう少し声をかけるタイミングがズレていたら、絶対に血の雨が降っていたに違いない。あのまま、激情にまかせた瑛の怒声がホールに丸聞こえになったときのことを想像して、零は今更のようにゾクリとした。

暴露本が出版されてから、瑛が苛《いら》ついているのは知っている。

よく言えば素直、悪く言えば単細胞な瑛が口数も少なくて鬱《ふさ》ぎ込んでいるのは、学校であれこれ言われているからだろう。零自身、似たようなモノだからだ。

だから。知っていても、零はフォローはしなかった。瑛が相談でも持ちかけてくれれば、別だが。何も言ってこないのに、わざわざ零からよけいなことを言って藪蛇《やぶへび》になるのは避けたかった。

——それも、あるが。零自身、暴露本のことを口に出してあれこれ不快な思いをしたくなかった。

慶輔が家族を捨ててから、いや……奈津子《なつこ》伯母が自殺してから、身内では慶輔の名前はほぼ禁句になった。だから、雅紀がカリスマモデル『ＭＡＳＡＫＩ』としてファッション雑誌のグラビアを賑《にぎ》わせているときも、

『やっぱ、雅紀さんってスゲー』

『兄ちゃん。雅紀さん、超カッコイイな』

すっかり別世界の有名人になってしまった従兄弟が自慢の種であっても、それをことさら得意げに吹聴して回ることもなかった。慶輔の名前だけではなく、千束《ちづか》の篠宮家のことも親族にとっては腫《は》れ物扱いの負い目だったからだ。

夏休みやクリスマス、正月には必ず家族揃って一緒に遊んだ従兄弟たちが、いきなり突然、疎遠になってしまう。子どもの頃には、それがどうにも理不尽に思えてしかたがなかった。

親は親、子どもは子ども。どうして、それではいけないのだろうかと。

あの当時から、父方母方すべての従兄弟の中でも雅紀はすでに別格であった。嘘のような本当の話だが、まともに目も合わせられなかった。

綺麗《きれい》で、頭もよくて、優しい。子ども心にも雅紀があまりにも完璧すぎて、眩《まぶ》しすぎて、自分たちと同じ人種ではないような気がして……。どうにも気後れしてしまったのだ。

その上、雅紀には片時も離れずまとわりついていた沙也加の、

『お兄ちゃんはあたしのものなんだから』

露骨すぎる視線がビシバシ飛んできて、迂闊《うかつ》に近寄れなかったせいもある。

沙也ちゃん……恐い。

——というのが、当時の零と瑛の共通の認識だった。

しかし。沙也加がどれだけあからさまに雅紀の所有権を主張してベタベタとまとわりつこうが、当の雅紀がそれに積極的に応えてやっていたようには見えなかった。

雅紀がまとわりつく沙也加の手を邪険に振りほどいたことはない。だが、

『ナオ』

よく通る声が優しくその名前を呼ぶのは。

『あー、もう、泥だらけじゃないか。ほら、おいで』

雅紀が自分から手を差し伸べて抱きしめるのは尚人だけ……だったように思う。

その理由が、子ども心にもわかるような気がした。半端なく派手目立ちをする兄妹弟の中にあって、尚人だけがごく普通……だったからではない。とにかく自己主張の激しすぎる姉《沙也加》と弟《裕太》に挟《はさ》まれても、変にイジけることも卑屈になることもなく、誰にでも気安く声をかけることができるのが尚人だったからだ。

男系の家系と言われるくらいに、男ばかりの兄弟。従兄弟、又従兄弟を含めると篠宮筋には

見事に男ばかりで、沙也加が生まれたときにはそれはもう大騒ぎ——だったらしい。堂森の篠宮家では、毎年三月三日には豪華な七段飾りの雛壇《ひなだん》が飾られ、雛祭りパーティーと記念撮影が恒例行事だった。

祖父母はもう、沙也加を猫っ可愛がりだった。お姫様扱いされて当然……なくらいには文句なく沙也加は可愛かったし。従兄弟の中でも末っ子の裕太は、誰からも愛されるヤンチャだった。その裕太といつも引き合いに出されて拓也の小言が尚人にばかり炸裂するのが、子ども心に不快だった。

それは零自身が、何かにつけて瑛と比較され続けてきたからだ。

弟に負けるな——とか。

男なら、それくらいできなくてどうする——とか。

もっと根性を見せろ——とか。

拓也は、そういうキツイ言葉を平気で投げつける爺《じい》さんだった。そのたびにごく自然にフォローしてくれたのが我が親ではなく孫の中では年長者の雅紀だったというのが、零の中ではいまだに強烈な印象として残っている。

当時、零はすぐに熱を出す虚弱児で尚人はおっとりしすぎていた。拓也の目から見ると、二人とも不出来な孫だったのだろう。

だから、零は拓也が好きではなかった。むろん、そんなことはただの一度も口にしたことはないが、そういう気持ちは知らず知らずのうちに態度にも出ていたのだろう。拓也には、事あるごとに可愛げがないと言われた。

子どもの頃から体格がよくてスポーツ万能タイプの瑛は拓也に期待されて可愛がってもらったから、拓也の死にはいたく感傷的になっているが。零的には、そうでもない。

それよりも何よりも、憔悴感の激しい父親のことが心配だった。

テレビで、雅紀が事あるごとに弟たちを第一に優先する姿を見て、

(雅紀さん、カリスマモデルになっても基本はまるっきり変わってねーな)

零は深々と実感した。

世間では、雅紀のことを感情を表に出すことがない『アイス・ノーブル』と皮肉るが、本当の雅紀はもっと、ずっと優しい人間なのだと知っている。

たぶん、それを知っているのは本当に限られた人間だけなのだろうが。

境遇は人を造る。

体験は人を変える。

だが、経験は人を強くもする。

雅紀たちが味わった辛酸を、零は知らない。知らないことがどれほど幸福であるのかは、わかる。だから、偉そうなことは言えない。

けれど。今日、久々に四兄妹弟に会って——驚いた。あの頃とまったく変わっていないのは

尚人だけなのだと知って。

雅紀の激変ぶりは、テレビや雑誌である程度見知ってはいたが。生で本人を目の当たりにすると、今更のように格の違いというやつをヒシヒシと実感させられた。

――リアルに超スゴイ。

沙也加は予想通りの美人だが、いまだに超ブラコンで相変わらず雅紀にベッタリ……どころか、変によそよそしい。いや……兄弟とは一目瞭然《いちもくりょうぜん》の距離感があった。

――違和感バリバリ。

裕太に関しては引きこもりの問題児というイメージばかりが先行して、今日、ここに来ているというだけで驚愕……だった。皆に愛されまくったヤンチャな面影など欠片もないのは想定内とも言えたが、今の裕太は硬質なダイヤモンド並みのキレがあった。迂闊に手を出したくないという意味で、だが。

――メタモルフォーゼって、こういうこと？

慶輔を金属バットで殴りつけて骨折させたと聞いたときには、誰もが予想していたように、長年の鬱屈した感情が爆発してもっと禍々《まがまが》しい雰囲気を想像していたが、それもいい意味で裏切られた。

なのに、尚人だけが変わらなかった。

いや――そうではなく。

昔は、あの半端なく個性的な——原色ギラギラしい三人の中にあっても、一人だけ無色透明……ごく普通であったはずなのに、今は驚くほどしっくりと視界に収まっている。零的には、ある意味、そのことが衝撃的だった。

(尚君……どうしちゃったんだ?)

——みたいな。

雅紀のように醸し出すものが劇的に変質したわけではないのに。見た目、沙也加のように派手さはないのに。ましてや、裕太と張るような硬質感もない。それなのに、なぜか、兄弟と遜《そん》色《しょく》なく一枚の絵のごとく視界にしっくりと収まっていた。

(——なんでだ?)

一瞬、我が目を疑い。そうして、尚人が一人だけ席を立ったあとの雅紀と裕太がひどく悪目立ちをしていることに気付いて。ようやく、その謎が解けたような気がした。

(なんだ。そっかぁ……)

尚人だけがごく普通なのではなく、無色透明という特性こそがすべてのキーワードだったのだと。

それは、尚人と二人だけで言葉を交わしたときに更に実感させられた。もう何年も疎遠だったのに、無駄に気を張る必要のない居心地良さというものを。

他の三人が原色そのもので、あまりにもキラキラしいから。視界に入ってくるだけで、なにげにプレッシャーだから。つい、身構えてしまう。けれど、尚人にはそれがない。

あの兄妹弟の中で尚人だけがごく普通に思えたのは、尚人だけが視界を圧迫しないからだと気付く。

子どもの頃はそれがただの無個性のように感じられたが、今は、そうではないのだと思い知る。

たぶん、尚人は『水』なのだろう。単体では無色透明なそれは、威圧感丸出しのプレッシャーをしっとりと包み込むのだ。だから、兄弟三人が並んでいると、半端のない個性が暴走せずに妙にしっくりと視界に収まる。つまりは、そういうことなのだろうと。

「瑛。おまえさぁ、一番大事なことを忘れてないか？」

「一番大事なこと？」

瑛は訝しげに問い返す。

「そうだよ。どんなに踏みつけにされても、子どもに親は選べないってことさ」

とたん。瑛はハッと息を呑んだ。

「俺たちはツイてるよな？　親父はどうしてもやりたいことがあって二回も転職したけど、それをきちんと家族に説明してくれた。給食費とか校納金とか払えずに、学校で惨《みじ》めな思いもしたこともない。親父は頑張って、おふくろも頑張って、今は昔の苦労も笑い話にできる。そうだろ？」

瑛は黙り込んで、項垂《うなだ》れた。

「だから、俺たちはツイてるんだよ。親は選べないけど切り捨てにすることはできる。そんな台詞をフツーに口にしないでいられることがだ」

子どもに親は選べないが、切り捨てにすることはできる。

雅紀が、そう言ったのだという。

子どもに本気でそんなことを言わせる、そんな最低な親にはなりたくない。

苦汁を啜《すす》るように智之が麻子《あさこ》に語っていたことを、零は知っている。

「あの暴露本のせいで、篠宮の人間がみんな不快な思いをして憤慨してる。そのことで、おまえが学校で何を、どんなふうに言われているのか……俺は知らない。まぁ、俺が言われてることと大差はないだろうけど」

「兄ちゃんも……言われてるんだ?」

「そういう、バカで暇な奴が多いってことだろ」

自分たちはまだ一ヶ月そこらだが、尚人たちは小学生の頃からそういう中傷の嵐に曝《さら》されていたのだ。それがどういうことなのか、当事者になって初めて、嫌というほど思い知った。

「でも……だけど、そういう奴らと同じレベルで尚君に八つ当たりすんのは超サイテーだろうが。おまえ、雅紀さんに絶対零度のブリザード光線でシバかれたいわけ?」

瑛の顔は、しんなりと蒼《あお》ざめた。

「俺なら、絶対にゴメンだね」

本音である。

テレビの画面越しでも破壊力抜群なあの目で睨まれたら——きっと、メデューサの呪いばりに石化する。絶対に、再起不能になる。従兄弟だからって、雅紀が手加減をしてくれることなど絶対にないだろう。

むしろ、逆かもしれない。従兄弟がそういう暴言を吐きまくったら、それも自分にではなく尚人をターゲットにしたら、よけいに許せないかもしれない。

更に、言えば。瑛一人の暴言で済まされる問題でもなくなってくる。腹の中で思っていることと、それを口に出して言葉にすることとは別次元の問題である。

——ということに、零もさっき気付いた。

「とにかく、尚君は気にしないって言ってくれたから、おまえはちゃんとしっかり口にチャックしとけ」

しっかり、きっちり釘を刺す。

「ほかの誰かが何を愚痴ってブチまけようと、おまえは絶対にノルな。いいな？　おまえが言ったことは、ウチの親が言ったことになる。それを忘れンな。こういうときに親父によけいな心配をかけんじゃねーよ、バカ」

またぞろ、瑛の軽率な行為に猛烈に腹が立ってくる零であった。

「……ゴメン」

項垂れたまま、瑛が鼻を啜る。

「兄ちゃん……ゴメン」

その足下に、ボタボタと涙が落ちる。

「鼻水垂らして泣くんじゃねーよ、きったねーな」

言いながら、零はポケットからハンカチを取り出して瑛に突きつけた。

「ほら、さっさと拭《ふ》け。戻るぞ」

「……ン」

渡されたハンカチでゴシゴシと目元を拭い、ついでに鼻をかんで。ようやく、瑛はのろのろと顔を上げた。

「よし。ほら、行くぞ」

零が踵《きびす》を返すと、慌てて瑛も歩き出す。その足取りは多少ぎくしゃくとしていたが。


尚人がコーヒー缶とスモールサイズのペットボトル二本を持って席に戻ってくるなり、

「ナオちゃん、どうかした?」

裕太が言った。

「ナオちゃんが戻ってくる前に、智之叔父さんとこの息子が二人して、慌てて外に出て行ったから」

「え？　なんで？」

　――そうなの？

　雅紀に目で問いかけると。

「零君が、やけにコワイ顔で瑛君を引き摺っていった」

（……そうなんだ？）

　尚人は小さく息を漏らす。

（それって、やっぱ、瑛君に一発カマしに行ったってこと？）

　尚人は別段気にもしていないが、零には零の思うところがあるのだろう。

「何かあったのか？」

「別に、大したことじゃないよ。零君とも瑛君とも久しぶりに会ったから、ちょっと、挨拶《あいさつ》をしただけ」

「……そうか」

「ウン。なんか、瑛君がやたらデカくなってるのにビックリした。でね、零君のしゃべり方って、ちょっと雅紀兄さんに似てたかな」

　眼前にした瑛が思った以上に体格がよくて、零の声が耳触りのいい美声だったことも本当のことだ。尚人の口調の淀《よど》みはなかった。

「……ふーん」

裕太は一口、茶を飲んで。

——それだけ？

目で問う。

「瑛君ってさ、零君のことは『兄貴』じゃなくて『兄ちゃん』って呼んでた。なんか、可愛いよね？　体格は大型犬だから、よけいに」

「なんだよ、それ。おれへの当てつけ？」

「ヤだな、裕太。今更、裕太に『兄ちゃん』とか呼ばれたら、かえって気持ち悪いよ」

軽く切り返すと、とたんに、裕太はブスリとむくれた。

「あー……それ。ある日突然、俺もナオに初めて『雅紀兄さん』とか言われたときに思ったよなぁ」

「……え？」

「なんか変なモンでも食ったんじゃないかって、ビックリした」

いきなりの暴露に、尚人が耳の先まで真っ赤になったのを見て。裕太も口の端で笑った。

「それ、覚えてる、おれも。ナオちゃん、やたら噛みまくりだったし」

「噛んでないよ。初めてだったから、ちょっと言いづらかっただけだって」

「いーや、噛みまくってた。まちゃきにーさん……とか」

「だから、違うって」

本気でムキになって、尚人が否定する。

それを揚げ足取って、裕太が茶化す。

そんな尚人と裕太のジャレ合いに雅紀は口元を綻《ほころ》ばせながら、

（零君と瑛君か……。ナオが何もなかったって言ってるんだから、まぁ、いいけど？）

二人が出て行ったほうへと視線をやった。


（お兄ちゃんが……笑ってる）

チラチラと見やる視線の先で、不意に雅紀が笑った。

口の端だけで、はんなりと——笑った。

作り笑いではない、綺麗な微笑。

その瞬間、冷然とした雅紀の雰囲気がいきなり春の陽だまりに変質したような気がして。沙也加は、思わずカッと眦《まなじり》を吊《つ》り上げた。

イヤ。

——ウソ。

――――なんで？

頭の芯《しん》がズクリと疼《うず》いた。

慶輔が家を出て行ってから、とたんに家の中が冷え込んだ。それ以降、沙也加は雅紀の笑顔など一度も見たことがなかった。

なのに。

――どうしてッ！

缶コーヒーを飲みながら、何かを言い合っている弟たちを見つめる雅紀の視線が……とても優しい。嘘っぽさの欠片もないほどに。

ウソよ。

ダメよ。

イヤよッ。

沙也加を切り捨てにして、拒絶して、忌避した兄と弟たちが自分たちの世界を作っている。

そこだけ、柔らかで優しいベールに包まれている。

こんな状況で、なぜ？

どうして。

――和んでしまえるのか。

（そんなの……許せないッ）

だって、自分はこんなにも苦しくて今にも息が詰まってしまいそうなのに。独りぽっちで、凍えてしまいそうなのに。

それを思って、沙也加はキリキリと視線を尖らせた。

§§§§　§§§§　§§§§　§§§§

すべてが終わって。

千束の篠宮の家に戻って。

自室に使っている一階の部屋に入るなり、キスをする。とびきり甘くて濃厚なキスを。

服を脱ぐ手間も惜しむかのように尚人を抱きしめて——キスをする。

歯列をなぞり。

舌を搦《から》めて。

口角を変え。

ひたすら、キスを貪《むさぼ》る。

何度も——何度も。

そうやって、心のままに……欲望のままに貪るだけキスを貪って、唇を外す。腕の中の尚人は、それこそすっかり息が上がってしまっていた。

「……ッ……ッ……」

肩で、胸で、喘《あえ》ぎまくって。口唇を手の甲でぎくしゃくと拭う。

「なんか……俺たち……ものすごく……不謹慎？」

上目遣いに雅紀を見やって、弾む息の合間に尚人が漏らす。

「んー……別に関係ないんじゃないか？」

たとえ、拓也の葬式から帰ってきたばかりだったとしても。

「俺は、ナオとすっごくしたい気分」

いっそサバサバと雅紀が口にする。

結局。何やかやと、あれこれ予期せぬ騒動に巻き込まれて、不本意な禁欲生活が続いてしまったのだから。

ようやく、二人っきりになれた。それで一気に欲望全開のスイッチが入らなきゃ、愛じゃないだろう——と思うくらいには、長かった。

「ナオは？」

「……うん。俺も」

目の縁をほんのり染めて、尚人が呟《つぶや》く。

さすがに、夢精をするほど溜まってます……とは言えないが。

あんな淫夢《いんむ》を見たから、よけいに意識してしまうのか。それとも、先ほどの濃厚なキスに煽《あお》られたのか。股間《こかん》がズクズクと疼いた。

「じゃあ、別に、なんの問題もないってことだ」

「……そうだね」

確かに、気疲れはある。それでも、雅紀としたいという欲望は止まらない。それが自分だけではなく雅紀もそうなのだと思うと、ホッとした。いや、素直に嬉しかった。

「でも、俺、まだ風呂にも入ってないよ？」

「あとで一緒に入ればいいさ」

言うなり、雅紀はさっさと服を脱ぎ始めた。

（ホント、ムードの欠片もねーな）

自覚しつつ。

普段なら。たっぷり気分を盛り上げて、尚人をトロトロにしてから自分も脱ぐ——くらいの余裕はあるのだが。今日は、いかにも即物的。

どうせこのままクリーニングに出すのだからと思い、オーダーメイドの礼服もその場に脱ぎ捨てる。

振り向けば、尚人もすでに下着姿だった。それでも。皓々《こうこう》とした明かりの下で全裸を曝《さら》すのは気恥ずかしいのか、雅紀に背を向けたまま、最後の一枚を脱ぎ捨てるというよりはそっとズリ下ろす。

肉付きは薄いが形のよい臀《しり》が剥《む》き出しになると、それだけでそそられた。

単に欲情する——のではなく、尚人に餓《かつ》えている自分を意識する。

だが。いきなり尚人を押し倒してガツガツ貪り尽くしたいとは思わない。

尚人との始まりが強姦《ごうかん》だったという負い目は、決して消えない。だから、だ。

飲み過ぎて酔っぱらった弾みに暴力で犯すという、最低最悪。しかも、そのときの記憶が見事にスッ飛んでいる。

なのに、自分が何をやったのかは一目瞭然という——衝撃。

鬱血の跡と咬《か》み傷だらけの身体が、精液と鮮血まみれのまま放置状態。涙のあとでグシャグシャに蒼ざめた尚人の顔を目の当たりにしたときの、いっそ死んでしまいたくなるような罪悪感と悔恨を雅紀は決して忘れない。

母親との肉体関係が、雅紀を変質させた。それは、否定できない。だが、尚人に対する欲望はそれ以前にもあって、無意識に抑えられていただけのようにも思う。

それが、母親が死んで、背徳感もタブーを犯すことの罪悪感も一気に弾けてしまった。

可愛い。

愛しい。

――触りたい。

撫でたい。

弄《いじ》りたい。

――舐《な》め回したい。

噛んで。

吸って。

――挿入したい。

捻《ねじ》り込んで。

掻き回して。

奥の奥まで――抉《えぐ》りたい。

脳内暴走に歯止めがきかなくなって、際限なくエスカレートする。

セックスフレンドには不自由したことはなかったが、セックスを楽しめなくなった。雅紀にとってセックスは、溜まったモノを吐き出すための排泄《はいせつ》行為でしかなかった。

なのに、尚人といるだけで性欲は高まる。

下腹が張って、ガチガチに固くなる。

本能に理性が負ける？

――違う。

愛しさに、自制が利かなくなるだけだ。

まぁ、どんな理由をこじつけても、尚人を抱けるという喜悦が止まらないだけなのかもしれないが。

全裸になった尚人が振り向くのを待って。雅紀は、とびきり甘い声で誘った。

「ほら。おいで、ナオ」


皓々とした明かりの下で、すべてをさらけ出す羞恥《しゅうち》。

どこが、悦《よ》くて。

何が、快《よ》くて。

どれが、好《い》いのか。

雅紀には、何も隠せない。

逸る鼓動も。潤む目も。甘い囁《ささや》きひとつで尖る乳首も。軽く啄《ついば》むようなバードキスで熱を帯びる股間も。すべて、雅紀に知られてしまう——恥じらい。

だが。それも、身体の芯からジクジクと湧《わ》き上がってくる快感に、捨てきれない理性が侵食されてしまうまでだった。

尚人の首筋に顔を埋めて、耳の付け根に口づける。

ほんの瞬間、くすぐったそうに首を竦《すく》めた尚人の鼓動がトクトクと逸った。

「……まーちゃん」

尚人が囁く。トロリと潤んだ声で。

今はベッドの中でくらいにしか聞けない昔の愛称で呼ばれるのが——好きだ。そこにこそ、自分だけの癒《いや》しと安らぎが凝縮されているような気がして。

「んー？」

生返事をして、首筋をペロリと舐め上げ。

「俺ね、まーちゃん。まーちゃんが好き。すごく……好き」

一瞬——固まる。まさか、この状態で、いきなりそんな言葉を聞かされるとは思ってもみなくて。

「何？　いきなり愛の告白か？」

とっさにクスリと笑って誤魔化したが、内心、バクバクだった。

「だから、無理しないでね？　俺たちのために、無理して頑張りすぎないでね？」

そして、目の裏がじんわりと痺れた。

今日の葬式で、何か、尚人なりに思うことがあったのかもしれない。だからこその『頑張りすぎないで』だったりするのかもしれないが。逆に、雅紀は、そんな尚人がいじらしくてならない。

「んー……じゃあ、明日のための活力チャージで、ガッツリ、ナオを喰っちまおうかな」

本音で囁くと。

「……うん。好きなだけ喰って」

甘い殺し文句で瞬殺された。

ホントに。

もう。

——どうしてくれようか。

ダダ漏れの笑顔で、雅紀は尚人をギュッと抱きしめた。


最初から、ガッツリ、尚人を喰う。

その宣言通りに、雅紀は両腕で尚人の内股をガッチリホールドすると剝き出しになった股間に顔を埋めた。

いつもだったら、尚人の乳首に芯ができるくらいに双珠を揉《も》み込んで、

「まーちゃん、吸って。乳首……咬んで、吸って」

尚人が泣きを入れるまで扱《しご》いてやるのだが。今夜は、尚人に煽られっぱなしで雅紀のほうが保たない。

それが悔しいだの、プライドが許さないだの、そんなことは微塵《みじん》も思わない。

煽られてオタつく自分に苦笑しつつ、ただ——嬉しさが込み上げた。

もうすでに半勃起になっている肉茎の下に、薄い恥毛で隠された果実がある。袋ごと摑んで握ると、ホールドした尚人の腰がわずかに浮いた。

浮いた瞬間、臀の狭間に小さな窄《すぼ》まりが見えた。本当に小さくて、そこに雅紀のモノをねじ込むには可憐《かれん》すぎる窄まりだった。

(こっちはあとのお楽しみ……だな)

まずは、尚人を快感でトロトロのズクズクにしなければそこは固くて解れない。

たっぷりとローションで濡《ぬ》らして解してやらなければ、指も呑み込めないが。舌先でチロチロと舐めてやると、気持ちいいのか、双珠がキュッと吊り上がる。そこも、尚人の性感帯《いいところ》だった。

たっぷり精蜜の詰まった果実が、ふたつ。握り込んだまま軽く揉んでやると、先走りの蜜がトロリと滴った。

(あー……もったいない)

滴り落ちた蜜を、舌で舐め取る。

——とたん。

「……んッ」

尚人の内股がヒクリと震えた。

わずかな刺激だけでもイッてしまいそうになる尚人の根元を指の環できっちり締める。

尚人には自慰を禁じてある。一週間以上の禁欲生活で余裕がないのは、雅紀も尚人も同じである。

「ちゃんと我慢できたか？」

雅紀が問うと。一瞬の間があって、尚人は消え入りそうな声で呟いた。夢精をして下着を汚した、と。

それは、雅紀としても予想外だった。

「でも、オナニー……してない。まーちゃんに……まーちゃんに……ちゃんとして欲しいから……してない」

耳の先まで真っ赤にして言い募るのが、可愛すぎて。

「じゃあ、ナオが夢でパンツを汚さなくてもいいように、溜まったミルク、全部搾り取ってやろうな？」

コクコクと頷く尚人の足を摑んで股間をさらけ出させたのだった。

指の環で締めると、尚人はほんの少しだけ苦しそうに呻《うめ》いた。

だが。握り込んだ双珠を選り分けるようにして揉み込むと、それは、すぐに掠れた喘ぎになった。

ゆっくり、じっくり、揉んでやる。双珠を揉まれると尚人の乳首が尖る。それを知っている
から、指で強弱を付けて揉み込んでやる。両の乳首に芯ができるまで。

右の珠を弄ってやれば右の乳首が、左の珠を摘んでやれば左の乳首が。

『ナオは、タマを弄られると乳首が尖って芯ができる』

快感と同時に雅紀が囁いて刷り込んだ。本当に、尚人は性的にウブなお子様だったのだ。

尚人の内股に、次第に筋が張ってくる。

「痛い……。まーちゃん……痛い……」

珠を揉まれるのが、ではなく。尖りきった乳首が、だろう。

(乳首より、こっちを先に可愛がってやらないとな)

半勃起になったままの肉茎を銜《くわ》えて、軽く扱く。それだけで、尚人は、

「や……ンッ」

小さく啼いた。

男の生理は単純明快である。気持ちよければ、勃起する。

嘘がつけない。誤魔化しようのない本能である。

雅紀の口の中で、尚人は完全に勃起した。雅紀の唾液《だえき》と先走りでヌルヌルになったそれは、

エラが張ってもどこか慎ましい。

完全露出したくびれを、雅紀は舌先でゆっくりなぞる。

とたんに、ビクビクと尚人の腰が捩れた。

先端の割れ目からはトロトロと蜜が滴る。滴る雫《しずく》を丁寧に舌で舐め取るたびに新たな蜜が溢れ出し、その都度、

「や……ンッ……ぁ……ま……ちゃん……そこ……しないで……」

尚人の声が裏返った。

やはり、割れ目を舌で弄られるのが一番の快感らしい。

だから、吸ってやる。プックリと盛り上がって充血した割れ目の秘肉を、切れ目に沿って舌でほじるように。何度も……。尚人の声が掠れて上擦るまで、幾度でも。


のしかかられる重みが、心地いい。

突かれて。

揺すられて。

ねじ込まれた雅紀のモノで擦られる、気持ちよさ。

そこが雅紀でいっぱいになると、もう、何も考えられなくなる。

「はっ……ンッ……あ……いぃぃッ……」

喘ぎが止まらない。

息が詰まって、喉が引き攣れる。

ヒリヒリと痺れる快感がトロトロにとろけて――止まらなかった。

《＊＊＊通過点＊＊＊》

すっきりと晴れ上がった朝。

翔南《しょうなん》高校の生徒たちは、登校時から誰もかれもがその話題で盛り上がっていた。


「なぁ、見た？」

「見た、見た。二年の篠宮《しのみや》だろ？」

「マジでスゲーことになってるよなぁ」

「ドラマも真っ青な展開だって」

「あり得ねーってか？」

「むしろ、その逆？」

「何が？」

「だから、天誅《てんちゅう》～～ッ――だろ」

「けど、親父は生き残ってジイさんが死んだっつーんだから、気持ち的にはものすごく複雑なんじゃねー？」

「いっそ、親父も死んでくれればって？」

「昨日の葬式に出た身内はみんな、そう思ってるって」

「ホント、ホント」

「あんな極悪非道な親父だったら、マジでいらねーよな」

「だから、それを言っちゃーお終《しま》いだって」


むろん。生徒たちだけでなく、朝イチから日本列島の至るところで同じ現象が起こっていたに違いないが。

それでも。同じ高校の生徒として、尚人《なおと》を直に見知っている分リアルに生々しかった。


「ホント、ビックリだよねぇ」

「……っていうか、リアルに恐い」

「なんで？」

「だって、八十すぎたおじいちゃんがナイフで息子を刺しちゃうんだよ？　それって、フツーに恐くない？」

「……だよね。これがまるっきり赤の他人だったら、犯人のことを恨んだり憎んだりできるけど、血の繋《つな》がったおじいちゃんだもんねぇ」

「もしかしたら無理心中するつもりだったんじゃないかって、言われてるでしょ？　ホントかな？」

「これ以上、腐ったミカンはほっとけないって？」

「ヤだぁ、そっちのほうが悲惨すぎ」

「どうなるんだろうね、篠宮君」

「ホントにさぁ、マジでお祓《はら》いとかやってもらったほうがいいんじゃない？」


人の口に戸は立てられない。

転がっていく噂《うわさ》は、誰にも止めることができない。


「篠宮先輩のとこって、マジでやることが半端じゃないよな」

「ホント。こないだは弟がバットで親父をぶん殴って、今度はじいちゃんがナイフで刺したっていうんだから」

「凄《すご》すぎるよな。兄ちゃんは目で殺せそうだし」

「うちの親父、『ＭＡＳＡＫＩ』ってマジで怖い……とか、本音ダダ漏《も》れ」

「でも、俺ンとこの母さんも姉ちゃんもあんな守護天使《ガーディアン・エンジェル》が欲しいって、マジで言ってるし」

「でもきっと、祖父ちゃんに同情はしても、親父には誰も同情なんかしないよな？」

「そりゃ、そうだろうけど」

「なぁ。もしかして、篠宮先輩もマジギレするとそうなのかな？」

「同じＤＮＡだから？」

「うわ……それって、想像するだけで超ヤバすぎ」

「コワイ……コワイ」


悪意のない本音と妄想が交錯し、そこら中で飛び交うのだった。

§§§§§§　§§§§§§　§§§§§§　§§§§§§

登校時、西口駐輪場。

いつもの時間に桜坂《おうさか》がやってくるのを待ち構えていたように、中野《なかの》と山下《やました》がそこにいた。

「おはよ」

「……はよ」

「……っす」

朝イチで交わす挨拶《あいさつ》は、いつもよりずっとテンションが低かった。

「なんか、あちこちで理不尽に言われ放題だよな」

「今更って気がする」

桜坂がボソリと漏らすと、中野も山下も、ウンザリしたようにため息を落とした。

三人がそうやって肩を並べて歩き出すと異様に悪目立ちをするのも、今更だったが。

「桜坂。おまえ、篠宮にメールした？」

中野が言うと、桜坂はわずかに目を伏せた。

「してねーんだ？」

「そういう、おまえは？」

「なんて言えばいいのか、わかんねー……って感じ」

「――俺も」

「状況がフツーじゃねーもんな」

山下の言い様に深々と頷《うなず》く代わりに、桜坂はムッツリ黙り込んだ。

これがありがちな葬式ならば『ご愁傷様』で済むが。今回ばかりは、かける言葉もないというのが本音だった。

何を、どう言えばいいのか――わからない。

紋切り型の挨拶ですら、思わぬ地雷を踏んでしまいそうで。よけいな気を遣いすぎるのも、かえって不自然だったりするのかもしれないが。

まさか、こんなことになるなんて……。ワンパターンすぎても、それしか言えない。

いや――それすらも言えない。それが、正しい。

ただ、ショック。それが、正直な気持ちだった。

忌引《きび》きが明けて尚人が登校してくる前にメールをすべきか否か。桜坂たちは真剣に悩む。

「じーちゃんの忌引きって、二日……だっけ?」

「たぶん」

「ぶっちゃけ、篠宮が登校してきたとき、どうすりゃいいんだ?」

「どうって……」

「さっくりスルーすりゃいいのか。一言あって然《しか》るべきなのか。なんか……迷う」

友人として。

番犬として。

一個人として。

尚人がスキャンダルの嵐に曝《さら》されるのは、これが初めてではない。そういうことに悪慣れしている——ということ自体、問題なのだろうが。今回は、今までとは質が違う。

身内から死者が出た——という事実。それも、尋常ではない経緯で。

このまま、何も触れずに黙って見守るべきなのか。それとも、あえて一歩踏み込むべきなのか。そもそも、こういうとき、正しい選択なんてものがあるのか。——悩む。

「桜坂。おまえだったら、どうしてほしい?」

(なんで、それを俺に聞く?)

桜坂がそれを思ったとき。

「中野。鋼鉄の心臓を持つ男にそれを聞いても、ぜんぜん参考にゃならないと思うぞ?」

さりげなく、山下が暴言を吐いてくれた。

「ンじゃ、山下。おまえだったら?」

そこで、いきなり自分に振られるとは思っていなかったのか。山下は、グッと言葉に詰まった。

「なら、おまえはどうなんだ、中野」

質問に質問で返すのはルール違反なのかもしれないが。ここは、言い出した中野に聞くのが順当のような気がする桜坂であった。

「俺ぇ?」

一瞬、眉《まゆ》をひそめ。

「そうだな。俺だったら、フツーに声かけて欲しいかも」

「……そうなんだ?」

山下の顔には『意外』と、デカデカと書いてあった。

「だってさ、周りはみんな知ってンだから。それで遠巻きにヒソヒソやってる中で、仲のいい友達があからさまにその話題を避けてるのって、なんか、逆にイヤじゃねー?」

その理由付けがいかにも中野らしくて、桜坂はすんなりと納得できた。

「俺は……逆かも」

「なんで?」

「自分的に触れて欲しくない話題だったら、公然の秘密でもいいかなって。暗黙の了解っていうの? 周りがジロジロ・ヒソヒソやってるんだったら、特に。あえて聞かないでいてくれるほうが楽かも。とりあえず、嵐が収まるまでは」

尚人の番犬を自認する中野と山下でさえ、意見は真逆だ。それだけ、デリケートな問題だということだろうが。

「――で？」

「おまえは？」

ピッタリと息のあったタイミングで問われ、桜坂はじっくりと言葉を選んだ。

「人による」

「はぁぁ？」

なんで、そこで顔までハモる？

(考え方は真逆なくせに、おまえら、そういうリアクションのしかたはクリソツだよな)

つい、愚痴《ぐち》りそうになった。

「だから、俺だったら相手を選ぶって言ってンだよ」

「うわ……それって、チョー意外」

「――何が？」

「だって、何事にもブレないのが桜坂っていうイメージがあるからさ」

「そう、そう。誰が相手でも、一律均等。自分を曲げないのがポリシー……じゃねーの？」

「俺にだって優先順位くらいはある」

それは、ポリシーとはきっちり別物であった。

「けど、ホント。こういうことに定番《セオリー》はないってことだよな」

ウン、ウン……と山下は頷く。

「ぶっちゃけて言うと、中野は告知派で、俺は非通知派。でもって、桜坂はセカンド・オピニオン派って感じ？」

「それってスゲーわかりやすいパターンの仕方だけど、なんか……ちょっと違うって気がする」

どこが？

何が？

どんなふうに？

あえて突っ込まないだけで、深々と頷いてしまいそうになる桜坂であった。

§§§§　§§§§　§§§§　§§§§

その夜。

いつものように夕食の後片付けを済ませて、尚人が自室に戻ると。携帯電話にメールが三通入っていた。時間帯もまちまちで、中野、山下、桜坂の順で。

『お疲れさん。いろいろ大変だろうけど、頑張れよ！』

『……ッす！　一人で、あんまり頑張りすぎるなよ？』

『ちゃんと、しっかり休息しろよ？』

なんだか、それぞれがいかにもらしくて。尚人は、思わず口元を綻《ほころ》ばせた。

§§§§　§§§§　§§§§　§§§§

モデルエージェンシー『アズラエル』の本社ビル最上階。

ひっそりどころか、半ば公然と『陰の総裁』と呼ばれて辣腕《らつわん》を振るうチーフ・マネージャー高倉真理《たかくらまさみち》の私室で、加々美蓮司《かがみれんじ》は本革張りのソファーに深々と長身を沈めて大型画面のテレビを見ていた。

真昼のワイドショー。

どこのチャンネルでも、おそらくは朝からずっと同じシーンが繰り返し使い回されているに違いない。

すなわち。昨日行われた、篠宮拓也《たくや》の葬儀の中継録画である。

今回の主役は、もちろん拓也であるが。報道陣もテレビの前の視聴者の興味も関心も、おそらくそこにはない。

なぜなら。黒のフォーマルを隙《すき》なく気品高く着こなした雅紀《まさき》が姿を見せるなり、すぐに雅紀だけを延々とズームアップし続けていたからだ。

テレビの中継だけではない。雅紀が出てくるやいなや、ものすごい数のシャッター音とフラッシュが炸裂《さくれつ》した。それでも、雅紀は眉ひとつ動かしはしなかったが。

「まさに、カリスマモデルはシンプルな服こそ見事に着こなしてナンボ——のお手本のようなものだな」

テレビの画面から目を逸《そ》らさず、高倉が言った。

白と黒のツートンカラーしかない礼服は、基本、シンプルで誰が着用してもハズレはない。皆が同じ色合いで統一されるので、没個性集団が出来上がるからだ。

それでも。お手軽な量産品であろうが、金のかかったオーダーメイドであろうが、何を着ても野暮ったい者はどこまでも野暮ったく。逆に、着こなしひとつでセンスがキラリと光る者もいる。

その典型が雅紀であった。

職業がプロのモデルだから何を着ても映える——のではなく、どんなときでも、きちんと服を主張させることができるからカリスマモデルと呼ばれるのだ。着こなしに個性をアピールできない者は、どれほど容姿が端麗であっても超一流とは呼ばない。

そのことを充分認識しつつ、加々美はどんよりとため息をついた。
「俺的には、おまえら、少しは恥ってもんを知れよッ——の言葉を投げつけてやりたくなるけど？」
誰に向かって？
もちろん、無節操なマスコミにだ。
《ここ……『MASAKI』さんの右隣にいるのが、例の次男と三男です》
当然、モザイクはかかっているが。
《三男って、引きこもりじゃなかったっけ？》
《そうです。我々も驚きました。大方の予想では参列しないのでは？……とか言われていましたから》
《やっぱ、いくらなんでもお祖父《じい》ちゃんの葬式には出なきゃマズイでしょ》
《長兄の鶴の一声で強制連行？》
《まぁ『MASAKI』さんだって、胸中は複雑でしょうが》
《……だよね。いくら視界のクズ同然でも、やっぱりねぇ》
雅紀が葬儀に参列するのか、しないのか。業界でも興味津々《しんしん》だという噂は加々美も耳にしていた。いや——加々美にそういう話を振ってくる者が多かった。雅紀が加々美にだけ懐《なつ》いているのは、業界の常識だったからだ。

《……で、この画面の右端にいる女性が『MASAKI』さんの妹です。つまり、篠宮家の長女ですね》
《なんで、一人だけ離れてるの？》
《や……それはわかりませんが。でも、世間で言われているところの美形四妹兄弟《きょうだい》がこうやって全員揃《そろ》うというのは極めて貴重な映像であることは事実です》
そこが今回の肝《キモ》であることを、司会者は隠そうともしない。
《……って、『MASAKI』以外はみんなモザイクがかかってるじゃない》
《それはお約束っていうか、肖像権の問題でしょ。特に、三人はまだ未成年だし。あとで『MASAKI』にネジ込まれちゃ困るもの。ねぇ、北島《きたじま》さん？》
《そこらへん、どうなの？　看板に偽りなし？》
《まったくもって、その通りです》
《そうなんだ？》
《そうなんです》
やけに力を込めて強調する司会者であった。
「尚人君の場合、それ以前の問題だよな」
「まぁ、な」
長女と三男の顔は見たことはないが、加々美と高倉は尚人と会ったことがある。だから、高倉が言いたいことはよくわかる。尚人の真の価値が容姿の美醜とは別のところにあることを。
あの雅紀がとろけるような優しい笑顔をすることなど、その目で直に見なければ信じがたい冗談《ホラ話》としか思えないだろう。
（あれは、まさに、業界のビッグバンだったよな）
プライベートがダダ漏れな雅紀——というシチュエーションがだ。
だから、真夏の『スタンド・イン』事件である。高倉曰《いわ》く、
『ある意味、真夏のホラー並みのインパクトだった』
——らしいが。
《やっぱり、DNAってスゴイですねぇ。拓也氏も、お若い頃は相当な美男子であったと聞いていますし》
《じゃあ、『MASAKI』の従兄弟《いとこ》とかも、みんな美形なわけ？》
《すみません。そこらへんは未確認でなんとも……》
思わず口を濁した司会者であった。
《ひとつ疑問なんだけど》
《はい。なんでしょう？》
《素人考えかもしれないけど。そんだけ美人なら、普通、妹にもその手の勧誘とかが殺到するもんじゃないの？》

《それは……無理なんじゃないですか？》
《どうして？》
《関係者によりますと、マスコミを毛嫌いされていらっしゃるようですから》
《まぁ、仕事熱心なレポーターも、ひとつ間違えば立派な変態ストーカーだしねぇ》
《でも、もったいない。『MASAKI』ばりの美人なんでしょ？》
《もし、雑誌とかでデビューしたら『MASAKI』の妹ってだけでも箔《はく》がつくよね？》
《慶輔《けいすけ》氏の暴露本のように、ですか？》
ははは……と乾いた笑いを漏らして、コメンテーターが踏ん反り返った。
《あれの第二弾なんか出すよりも『MASAKI』の写真集のほうが断然売れると思うけど。なんで、どこからも出ないんだろうね》
《それは、タイミングの問題なのでは？》
《いやぁ、オファーかけても、全部『MASAKI』が蹴《け》ってるんじゃない？》
そこは、間違っていない。加々美ももったいないとは思っているのだが、実際、その手の話はポイ捨てである。
《ちなみに。次男のN君の着ている制服なんですが。超難関の進学校であるS高校のエンブレム付きのこのブレザー、地元では『勝ち組の証《あかし》』とも呼ばれているそうです》
だから、どうして、そういうよけいな蘊蓄《うんちく》を垂れ流すのかと、加々美は舌打ちでもしたい心境だった。

舌打ちをする代わりにリモコンでテレビのスイッチを切り、すっかり温くなってしまったコーヒーを飲んだ。

――と。

「そういえば、『ミズガルズ』のPV第二弾に『MASAKI』の出演が本決まりになったことは知ってるか？」

高倉がいきなり話題をすり替えた。

「あー、この間、雅紀と飯を食ってるときに聞いた」

「その監督に伊崎《いざき》の名前が挙がってることも？」

「……らしいな。リーダーが大ファンなんだって？」

伊崎の本業である風景写真集は全部コンプリートしているほどコアなファンらしい。

「なんて言ってた？」

「あくまでリーダーのミーハー的願望だし、常識的に考えて『あり得ねー』だろ。……みたいな？」

なんと言っても、世間の常識がまったく通用しない伊崎の偏屈度は業界の隅々にまで知れ渡っている。

「……ふーん」

「何が『ふーん』なんだ?」

「いや……。『MASAKI』的には、こないだのことはそれほどネックにはならないのかなって話」

実際。伊崎のせいで、一瞬、確かに地獄を垣間見《かいまみ》た加々美と高倉にとって、あれはかなりなトラウマである。

できれば二度と——金輪際、伊崎とは仕事をしたくない。加々美を筆頭に、現場スタッフは誰もが皆それを思ったことだろう。

しかし。そんなトップシークレットな内情を知らない者たちは、クライアントもスポンサーも含めてそのCMの出来映えには大賛辞の嵐であった。

CMに抜擢《ばってき》された若手俳優のギャラも知名度も一気に跳ね上がった——らしい。

伊崎は最悪のトラブルメーカーだが、その作品は見る者を魅了する。それだけは動かしがたい事実であった。

「雅紀は正式にオファーを受けた時点で、監督が誰になろうが気にしないさ。たとえ、内心はどうでも。その点に限って言えば、あいつは筋金入りのプロだからな」

間違いなく。

だからこそ、業界《メンズモデル》のトップを張り続けていられるのだ。

(怖いモノがあるとすれば、真っ白なスケジュール帳……くらいなものか)

超過密なスケジュールをこなすカリスマモデルが真顔でそれを口にした時点で、加々美は返す言葉もなかったが。

「実は、瀬名《せな》に泣きつかれてな」

瀬名とは、高倉の出身大学の後輩で、今は『ミズガルズ』のマネージャーをしている。その関係で『ミズガルズ』情報はほぼダダ漏れである。むろん、それがオフレコという信頼関係の上に成り立っているのは当然だが。

雅紀がオファーを断ったら、事務所的には期待の新人である『タカアキ』を突っ込みたがっていたのだが。雅紀曰く。

『加々美さんとこの駄犬の出番はなくなりました』

その野望も、あっけなく潰《つい》えた。

「リーダーが、強力に伊崎をプッシュしまくるからホトホト困っているらしい。あれがどんだけ非常識の極みなのか、納得させる手はないかってさ」

「実例を挙げて聞かせてやったらどうだ?」

才能と人間性はきっぱり別物。

そういうエピソードには事欠かないのが、いかにも伊崎――だったが。

「独自の感性で世間に迎合しないのがアーティストのプライドっていうか、こだわりっていうか。伊崎ほどじゃないにしろ『ミズガルズ』も似たようなもんじゃないか?」

それは禁句——なのかもしれないが。

「伊崎を起用するのは超ハイリスクの大博打《おおばくち》もいいとこだからな」

しみじみと加々美は口にする。

「けど、きっちり嵌《はま》るとメガ・リターン」

高倉がその事実を付け足す。

第一弾のその上を行くだろうことは想像に難くない。むろん。『ミズガルズ』のメンバーに伊崎の偏屈ぶりが我慢できれば、だろうが。

「そりゃ、なんたって話題性はバッチリだし？」

「リーダーはそれで大満足の大感激かもしれないが、瀬名は確実にストレスで死ぬな」

「ははは………」

その可能性が高すぎて、もはや乾いた笑いしか出ない加々美であった。

「おまえ的には、どうだ？」

「何が？」

「もし、仮に伊崎に正式なオファーをかけたら、伊崎はどう出ると思う？」

「たら・ればの話をしてもしょうがないけど。『ミズガルズ』はどうでも『MASAKI』を好きに撮ってもいいっていう話なら、ノルんじゃないか？」

高倉はため息で返した。

「そう、来るか？」

「そりゃあ、あんな究極の無茶振りがマジで実現するとは思わなかった伊崎が、オフレコであ、、、、んな写真を送って寄越すくらいだから」

　滅多に人を撮らない伊崎が、仕事とはまったく関係ない『スタンド・イン』の、それも隠し撮りのスナップ写真まで送ってきたのだ。それも、とろけるような雅紀の笑顔《プライベート》を。

『スタンド・イン』で撮った物はすべて廃棄することが条件で、休暇中の雅紀を無理やり拝み倒したというのにだ。そのために署名・捺印《なついん》までさせたのに、だ。加々美も高倉も、本音でズキズキと偏頭痛がしたくらいだ。

「伊崎がどんな『ＭＡＳＡＫＩ』を撮るか、興味はあるか？」

『ミズガルズ』ではなく『ＭＡＳＡＫＩ』を強調するあたり、高倉も充分喰《く》えない。

「もしも、本当にそんな貴重なコラボが実現するなら、俺は完パケじゃなくて生で現場を見学したい」

　本音である。

　そんな美味《おい》しすぎるチャンスは絶対に見逃したくないと思ってしまうくらいには、加々美も充分ギャンブラーであった。

（けど。伊崎の奴、雅紀だけじゃなくて尚人君にも興味津々だからなぁ）

　高倉にはまだ話していないが、あれから、伊崎とプライベートで飯を食う機会があったのだ。

もちろん。加々美的にはソッコーで拒否権を発動したのだが、一般常識が通用しない歩く非常識男はどこまでも自己チューであった。

しかも。自分で誘っておきながら予定の時間に三十分も遅れてきた熊男《グリズリー》は、遅れてスマン──の詫《わ》びもなく、いきなり尚人の話を始めたのだった。

伊崎的にはツンドラの大地──もちろん雅紀のことである──を一瞬にして春の陽だまりモードに変質させてしまった尚人のことがどうにも頭に引っかかっているらしく、しきりに話を振ってきた。

そのときの加々美の心境は、

『頼むから、雅紀の地雷を踏むなーッ！』

──である。

世間は篠宮家の骨肉の争いの落ちる先がどうにも気になって仕方がないようだが、雅紀の仕事絡みでもう一波乱ありそうで。

(…ったく、頭が痛いぜ)

加々美は煙草《たばこ》に火をつけ、思いっきり深く吸った。

§§§§§　§§§§§　§§§§§　§§§§§

二日ぶりの学校は、いつも以上にざわついていた。ある意味、尚人の予想通りに。

こっそり。

——ねっとり。

じっとり。

——マジマジと。

尚人に向けられる視線はそれこそ千差万別だったが、基本はどれも同じである。

誰もかれもが——興味津々。これに尽きた。

唯一、変わらないのは。

「……はよ」

尚人を見やる桜坂のブレのない眼差しと。

「おっはようさーん」

中野の曇りのない笑顔と。

「中野。おまえ、朝から無駄にテンション高すぎ」

山下のツッコミぶりだった。

「おはよう」

そうやって尚人が加わって、いつものスクエアな関係が始まると。それはそれで派手目立ちな、いつもの日常風景――だったが。

「みんな、メールありがとう」

ニッコリ笑顔で尚人が口にすると、三人は、誰からともなく顔を見合わせた。

――なんだよ。

――マジかよ。

――そういうことかよ。

結局。主義主張は違ってても考えていることは似たり寄ったりなのだと、それぞれがアイコンタクトで確認する。

――それって。

――なんか……。

――スゲー、嫌かも。

内心、ため息をつきまくりな三人であった。

それでも。

「俺、すっごく嬉《うれ》しかった」

それが単なるリップサービスではなく尚人の本心なのだと知って、三人の口元もわずかに綻んだ。

——まぁ、結果オーライということで。

——何も問題ナシってとこ？

——篠宮的にＯＫなら、何の文句もねーし。

つまりは、それに尽きるのだが。

「なんか、葬式の間中、気持ち的にどんよりしてたから。みんなのメール見て逆に元気が出たって感じ」

言っていることは違っても、さりげなく尚人を気遣ってくれる気持ちは同じだった。

「そう……なんだ？」

「ウン。家に帰ってきて、晩飯食って、それでメール見て、ようやくいつもの日常に戻ったみたいな気がしたから」

それは、雅紀がいて裕太《ゆうた》がいる『家族』とは別の、尚人自身が作り上げた『領域』である。

そのふたつが重なり合うことで、いつもの日常になる。そんな気がした。

尚人にとっては、どちらも喪《うしな》うことができない大切な物だった。

雅紀が今でも高校時代の友人付き合いを大事にしているのは、つまり、そういうことなのだろうと思った。

等身大の自分をありのままにさらけ出せる場所。

翔南高校で尚人が見つけた——聖域。

一見パーフェクトに見える雅紀にもそれがあるのだと思うと、よりリアルに雅紀を感じられた。

この世の中に、完全無欠な人間などいないのだ。

完全無欠であれば、誰も必要としない。

だから、雅紀が完璧《かんぺき》でないのが嬉しい。雅紀に必要とされている自分を素直に信じることができるから。

反面。裕太には、その貴重なチャンスがまだない。

だったら、これから作っていけばいい。そう思えるくらいの気持ちの余裕ができた。家でも学校でも、自分は独りではないのだと知ったから。

裕太が自分の意思で拓也の葬儀に出ると言ったときには、それなりに驚いたが。最近の裕太を見ていると、今回のことがなくても、引きこもりの壁を破るのは時間の問題のようにも思えた。

だから、外へ出るためのステップとして、祖父の葬儀がきっかけになればいいと思った。そうすれば、気が重いだけの葬儀にもそれなりの価値が見いだせるのではないかと。

尚人も、その価値を意外なところに見つけた。

久々に零《れい》と会えて、会話ができた。瑛《あきら》にとっては自分たちは望まれない参列者でしかなくても、零の言葉は尚人の胸に響いた。それを知ることができただけでも、拓也の葬儀に出向いた価値は充分にあったように思えた。

「なにげない日常っていうのが、やっぱ、一番だよな」

自分の台詞《せりふ》に、ウンウンと一人ツッコミを入れる中野に、

(やっぱり、ホッとするなぁ)

内心、尚人はひとりごちる。

たとえ、周囲の視線がブスブス突き刺さろうともだ。そんなものは、さっくりスルーすればいいだけのことである。

尚人にとって重要なのは、そこに、変わりなく自分の居場所があるということだ。さりげなく、ごく普通にそれを感じさせてくれる友人たちの存在が本当にありがたかった。

§§§　§§§§　§§§§　§§§§

忌引きが明けて、尚人が登校してきたとき。桜坂としてはホッと安堵《あんど》する反面、内心、本当は心配でならなかった。世間はもちろんのこと、学校内でも噂はスキャンダラスに大盛り上がりだったからだ。

尚人のプライベートが——いや、篠宮家の悲惨な家庭事情が全国区で暴露されるきっかけになった自転車通学の男子高校生ばかりを狙《ねら》った凶悪な暴行事件以降ずっと、ある意味、尚人は不運な被害者であった。なんで、ここまで……と思うくらいに。

ドン底からトップモデルへ、長兄の華麗《雅紀》なサクセス・ストーリーの裏で連鎖する『負』の遺産——などと、あることないこと興味本位で書き立てられても、尚人本人はいたって冷静であった。

けれども。それは表面上のことだけで、尚人が深刻なトラウマを抱えていることを桜坂たち番犬トリオは知ってしまった。不本意にも、桜坂自身がその引き金を引いてしまったからだ。

尚人の無償の好意をいつまでもただ食いする野上《のがみ》の厚顔無恥ぶりが、どうにも許せなくて。義憤に駆られた末に直談判に行き、逆上した野上に肩口を刺されてしまった。

まさに、桜坂にとっては痛恨の極みであった。その言動が、結果的に、尚人のトラウマを抉《えぐ》り出してしまうきっかけになってしまったからだ。ただの傲慢《ごうまん》な自己満足にすぎなかったことを思い知らされたからだ。

——あんなことになるなんて。

——そんなつもりじゃなかった。

——こんなはずじゃなかった。

悔やんでも悔やみきれない勇み足だった。自分が刺されてしまったことよりも尚人を傷つけてしまったことが――痛い。

あのとき。暴行事件の被害者とその事件を解決に導いた功労者《ヒーロー》が揃って別の傷害事件の加害者と被害者になったことは、学校関係者のみならず、各方面に多大な衝撃を与えた。

いったい。

なぜ。

――こんなことに。

今回、まったくそれと同じことが言われていた。

なんで。

どうして。

――こんなことに。

老親が息子を刺すという悲劇の構図。

桜坂と野上の一件は一応『示談』という形で決着したが、身内同士の骨肉の争いは心情的に決着の付けようがない。

桜坂は刺されても怪我《けが》をしただけだったが、今回の傷害事件では死人が出た。

それで、これまではあくまで『不運な被害者』にすぎなかった尚人の立場は、微妙に変化した。限りなく加害者に近い被害者の息子であり、同時に、実質的な加害者の孫でもあったからだ。

そんな無意味な連帯責任論など、ナンセンス。桜坂は本音でそう思うが、世間は血の繋がりでしかモノを見ないのもまた事実であった。

祖父が父親を刺し、刺された父親はいまだ意識不明の重体。刺した祖父は、そのショックで脳卒中を併発して死亡。悲劇を通り越した皮肉な……悲惨な現実である。

翔南高校では、皆が尚人を遠巻きに窺《うかが》っていた。興味津々に、ある意味、容赦なく。尚人の一挙一動を凝視している。尚人とはクラスメートでもある桜坂が、その視線の不快さを感じないではいられないほどに。それは、あからさまに露骨であった。

尚人は、あくまで平静に振る舞っているが。内心はそうではないだろう。桜坂は、それを思わずにはいられない。

なぜなら。桜坂自身、今回の事件で思わぬトラウマを刺激されてしまったからだ。まったく、突然。いきなり、それはやって来た。

PTSD（外傷後ストレス障害）など欠片《かけら》もないと信じていた自分ですらそうなのだから、トラウマによるパニック発作という厄介な爆弾を抱えている尚人はそれ以上の負荷がかかっているのではないかと。

だから。中野たちとは違う意味で、桜坂は真剣に危惧《きぐ》している。尚人が気丈に振る舞っていればいるほど。どこかで無理が出て、ある日突然、いきなり精神的なヒビが入ってしまうのではないかと。

それが——怖い。

恐い……と思ってしまう自分が、なぜか、妙にイライラと居心地の悪い気分になってしまう桜坂であった。

《＊＊＊ねじれの法則＊＊＊》

考えることがいっぱいありすぎて。なのに、まともな答えは何ひとつ見つからなくて。何をどうすればいいのか——わからない。

だから、考える。

そして。考えれば考えるほど頭の中がグチャグチャになって——眠れなくなった。

瞼《まぶた》は重いのに。

——目が冴《さ》える。

頭の芯《しん》はキリキリ痛むのに。

——考えてしまう。

なんで。

どうして。

——眠れないんだろう。

考えて。

考えて。

……気付いた。

あの人が、自分を許してくれないから眠れないのだと。

あの人が許してくれさえすれば、すべてが終わるような気がした。

なのに——拒絶されてしまった。

すべてが——無駄だった。

その瞬間、目の前が真っ暗になった。

手も、足も頭の芯も——冷たくなる。

重くなる。

感覚がなくなっていく……。

意識が遠くなる。

それで。ようやく、今度こそ眠れるのだと思った。

§§§§　§§§§　§§§§　§§§§

その日はいつになく、朝から体調がよかった。

一日三食決められた時間に食事をし、もらった薬をきちんと服用して、充分な睡眠を取る。

そして、気分がよければ中庭に出て散歩をする。

そんな規則正しい日常生活を送れるようになってから、瑞希《みずき》もようやく落ち着いた気分で一日一日を過ごせるようになった。

こんなことになる前には、睡眠薬を飲まないと眠れない人間の気持ちがまったく理解できなかった。

朝、起きて。普通に生活して。夜、眠る。

睡眠時間が足りなくて、朝はもうちょっと布団の中にいたい。そう思うことはあっても、眠れないことで悩むことなど考えたこともなかった。

人間、時間になったら眠くなるのが当然。そう思っていたからだ。

が――今は、よくわかる。眠りたいのに眠れないということが、どんなにきつくて苦しいことであるのかが。

ベッドに横になって目を瞑《つぶ》れば熟睡できる。そんなごく普通のことが、どれだけ大切なことなのかを。

快眠、快食、快便――が人間生活の基本。今は、その意味が痛いほどよくわかる。

「まずは、きちんと食べて、しっかり眠って、疲れた身体をいたわってあげることから始めましょう」

担当医の言葉は、最初は耳を素通りするだけだったし。

「瑞希。もう、何も心配はいらないから。大丈夫……大丈夫だから」

姉《千里》の言う台詞も、ただ耳障りなだけの雑音《ノイズ》にしか聞こえなかった。

大丈夫って——何が？

ぜんぜん、わけがわからない。

いったい、なぜ。

どうして。

自分が、こんなところにいるのかも。

とにかく、疲れて。心も身体も、疲れ切って。何も考えずに、泥のように眠ってしまいたかった。

そんな瑞希の手を痛いほど握りしめて、千里《ちさと》が繰り返し囁《ささや》いた。

「大丈夫。もう、大丈夫。お姉ちゃんがずっと一緒だから。何も心配しなくていいの。ゆっくり休んでいいのよ？」

それは、まるで呪詛《じゅそ》のように瑞希の思考を侵食し続けた。

やめて。

止めて。

——聞きたくない。

なのに、それを口にする気力もなかった。

瑞希はただ、眠りたいだけなのに。何も考えずに、眠ってしまいたいだけなのに……。

千里は毎日のようにやってきた。それが瑞希のためだと、心の底から信じ切っているかのように。

花を生け。果物を剝《む》き。とりとめのない話をし。時間になると帰って行く。

それが——苦痛だった。

もう、来なくていい。

何も、言わなくていい。

なのに——何も言えなかった。それを口にすると、思ってもみないことまでヒステリックに喚《わめ》き散らしてしまいそうで。……恐かった。千里にまで否定されるのではないかと思うと、何も言えなかった。

怖くて。

恐くて……。

手足の先まで冷たくなった。

千里はずっと、瑞希の親代わりだった。だから、千里には幸せになってもらいたかった。

だから……。

——だけど。

今はもう、何が正しくて。誰が悪いのかさえ……わからなくなってしまった。

カウンセリングを受けるようになっても、そんなものがいったい何の役に立つのかと、投げやりな気持ちにもなった。

だが。必要以上に会話を強要されないことで、自分が言ったことを頭ごなしに否定されないことで、過剰に自分を追い込まないでいられるようになった。

なぜ？　——とか。

どうして？　——とか。

自問し続けることの無意味さに、ようやく気付いたような気がした。

それでも。

『どうして、自分の都合ばっか押しつけるんだよ？』

あのキツイ眼差しが。

『自分のことしか考えてないだろ、あんた』

嫌悪感丸出しの口調が。

『あんた。ホント、人の痛みがわかんない無神経な奴だよな』

蔑《さげす》んだ声の響きが——忘れられない。

『自分が楽になりたいからって、それを俺に押しつけるなッ』

吐き捨てられた言葉は、脳裏にこびりついたまま消えない。

尚人《なおと》の言葉は、まるで瑞希の心を縛り続ける呪《のろ》いのようだった。焼《や》け爛《ただ》れた刻印であるかのように、心の最奥でダラダラと血を流し続ける。

(あたしはただ、わかってもらいたかっただけなのに)

――そう……。辛《つら》かったね。

(わかってもらえないことが辛くて、きつくて……痛かった)

――そう……。頑張ったんだね。

カウンセラーにそのときの気持ちを吐露することで、少しは楽になったような気がした。やむにやまれない末の言動を否定されないことで、自分自身が少しは取り戻せた。

――ような気がした。

ここでは、誰も瑞希を責めない。

否定しない。

拒絶――されない。

ホッとした。

安心した。

気分が楽になった。

そしたら、外に出てみようという気持ちにもなれた。

少しずつ、ほんの少しずつ、千里とも向き合えるようになった。

だが。その日、いつもの時間になっても千里は来なかった。

(どうしたんだろ)

何の連絡もなかった。

(なんで?)

翌日も――来なかった。

(どうして?)

それで、少しだけ不安になった。

毎日のようにやってくる千里がストレスだったのに、いつもと同じ日課が日課でなくなってしまうと心にさざ波が立った。

冷蔵庫にストックしてあった飲み物もなくなって、しょうがなく、瑞希は一階のロビーにある売店まで歩いていった。

そのとき。ロビーにおいてあるテレビに何げなく目をやった――瞬間。

【篠宮慶輔《しのみやけいすけ》氏、実父に刺されて重体】

それが視界に飛び込んできた。

一瞬、瑞希は凍り付いた。

「天罰だよ。不倫して子どもを捨てたクソ親父だし」

「爺《じい》さんも可哀相になぁ。自分の息子に暴露本でクソミソに言われて、とうとう堪忍袋がキレちまったのかも」

「愛人もその現場にいたらしいじゃない」

「不倫して奥さん死なせるようなあばずれが運命の女だなんて、笑っちゃう」

「愛人の妹も、どっかに雲隠れしたまんまだろ？」

「人を不幸にした金で平気でお嬢様学校に通ってたっていうし。ホント、姉が姉なら、妹も妹だよねぇ」

「恥曝《さら》しもいいとこ」

漏れ聞こえる者たちの声に、心臓がバクバクになった。

バクバクがバックンバックンになって、視界から色が消えた。

ロビーのざわめきが束の間、遠くなる。

そして。瑞希はボソリと漏らした。

「なんだ。そうなんだ？　だから、お姉ちゃん、来ないんだ？　やっぱり、あたしよりもあの人のことのほうが大事なんだ？」

――とたん。下腹が、いきなりズドンと重くなったような気がして。瑞希はその場に立ち竦《すく》んだ。

§§§§§　§§§§§　§§§§§　§§§§§

なんで。

どうして。

——こんなことに。

世間の誰もが一度は口にしたであろうその言葉を、千里も同じように繰り返し呟《つぶや》いた。

何度も。

……何度も。それこそ、脳のシナプスが擦《す》り切れて思考が空回りしてしまうほどに。

これって。

ぜんぜん。

——フェアじゃない。

テレビも、新聞も、ネットも、雑誌も。どこもかしこも、何もかも、誰もかれもが、慶輔を悪者扱いである。

【悪因悪果】

【慶輔《視界のゴミ》氏に、ついに天誅が下る】

【実父拓也《たくや》氏、覚悟の一刺し】

挑発的に活字は踊る。

刺されたのは、慶輔である。なのに、刺した拓也《加害者》ではなく、慶輔《被害者》だけが言われもない誹《そし》りを受けている。

慶輔の意識はいまだ戻らないのに、

【悪運尽きず。天罰をも退ける】

——などと。あまりにも酷《ひど》い誹謗中傷《ひぼうちゅうしょう》である。

不公平だ。

差別だ。

——こんなのは間違っている。

マスコミによる集団リンチなんて、理不尽極まりない暴挙だ。

慶輔は何も悪くない。

本当のことをありのままに書いただけなのに——あまりにも不条理だ。

《ここまで来ると、もう凶悪なスキャンダルとしか言いようがないよね》

《ある意味、現実がこうまでド派手にドラマチックだと、テレビドラマがみんなウソっぽく見えてしょうがないって》

《まさに、憎まれっ子世に憚《はばか》るって感じ》

《肉親にも見放されて味方は愛人だけっていうのも、なんか虚しいよねぇ》
《それだって、いつまで保《も》つかわかんないでしょ》
《いやぁ、だって、慶輔氏にとっては唯一無二の『ファム・ファタール』ですもん。ここまで来たら、一心同体じゃないですか？》
《愛が重い。とてつもなく、重いよねぇ》
《ぶっちゃけ、そこまで人を愛せたら、むしろ、本望でしょ》
ワイドショーのコメンテーターは好き放題に吐きまくる。
罰を受けるべきは殺人未遂を犯した拓也であるはずなのに、被疑者死亡で書類送検されるだけで何の咎《とが》めも受けないなんて。そんなのは——間違っている。
たとえ親子であっても、きちんとした法的なケジメは必要だろう。でなければ、慶輔の治療費を全額負担するべきだ。
——いや。それ以前に、篠宮家の人間は一度も——誰も、見舞いにも来ない。
本当に誰も来ないのだ。慶輔の手術に立ち会った明仁《あきひと》でさえ以後は姿を見せない。それは、あまりに非常識ではないのか？
肉親として、何か一言あって然るべきなのではないのか？　慶輔に対してはむろんのことだが、あんな恐ろしい殺人未遂の目撃者にされてしまった自分《千里》に対しても。
なのに。

——どうして。

世間は。

——誰もかれもが。

責任の所在を有耶無耶《うやむや》にしようとするのだ？

——非道《ひど》い。

あまりにも酷すぎる。

無責任に慶輔ばかりを断罪して貶《おとし》めようとする世間に、千里はギリギリと奥歯を軋《きし》らせた。

あのとき。慶輔が『智之《ともゆき》』と呼んだ弟が、

『これ以上、嘘八百垂れ流し続けるなら、こっちにも考えがあるからな』

そんな捨て台詞を口にしたが、それはまんま千里の気持ちでもあった。

(そうよ。あのときの真実を知ってるのは、あたしだけなんだから)

拓也は死んだ。

慶輔は昏睡《こんすい》状態。

智之はダンマリを決め込んでいる。

慶輔のために、何かをしなければ。このまま、慶輔だけを悪辣《あくらつ》非道な人間として貶める者たちから、慶輔を護らなければならない。それができるのは、自分だけなのだから。

そう思わずにはいられない千里であった。

だが。千里にいったい、何ができるというのか。周囲は皆、敵だらけである。

唯一の味方と言えば、銀流社《ぎんりゅうしゃ》の人間だけであった。

そんなとき。慶輔の担当編集者である土屋《つちや》から、今回の事件についての独占インタビューを打診された。

「わたしが……ですか？」

正直、千里は困惑した。

「そうです」

「でも……あの……」

「このまま慶輔氏だけを悪者扱いにされるのは、真山《まやま》さん的にも気持ちが収まらないのではありませんか？」

それは、もちろんである。

「俗に言うところの『判官贔屓《ほうがんびいき》』も、ここまでくると程度ものですから」

その通りだ。このまま慶輔を極悪非道のスケープゴートにされるのは、千里としても我慢がならない。

「実は、ですね。私どものほうにも、各方面からその手のオファーが殺到しておりまして」

そんな話は初めて聞いた。

「各方面というのは？」

「テレビや雑誌、そういったメディア関連です」

連日、あれだけ慶輔に悪者呼ばわりの烙印《らくいん》を押しつけているのに？

それを思うと、にわかには信じられなくて。あからさまに眉をひそめた千里に、土屋は事も無げに言い切った。

「真山さんの不信感はごもっともですが。メディアにはメディアなりの言い分……というか、内輪事情というものがあるんですよ」

「それは……どういう？」

「今まで、慶輔氏側からの真実を語る人が誰もいなかったからですよ」

まるで、目からウロコ……であった。言われてみれば、まったくその通りだったからだ。

「明仁氏としては実父の気持ちを代弁することはできないことにして世間の同情を買い、事件をこのまま有耶無耶にしてさっさと幕を引いてしまいたいのがミエミエですし。なにしろ、あちらには『ＭＡＳＡＫＩ』さんという強力な切り札《バックアップ》がありますから」

土屋の口からなにげなく雅紀の名前が出ただけで、ドキリとする。

千里を問答無用で射すくめる金茶色の冷たい目。情の欠片も感じさせない冷淡な口調。そして、なにより、キリキリと尖《とが》るような威圧感《プレッシャー》を思い出すだけで卑屈なくらいに動悸《どうき》が荒くなるのだった。

今回のことに関して、雅紀は鉄壁なノーコメントを貫いている。突きつけられるマイクを黙殺し、どんな詰問を投げつけられても視線を揺らしもしない。

マスコミは躍起になって追いすがるが、今のところはすべてにおいて完敗である。

「マスコミ各社も、拓也氏への同情論ばかりが露出しすぎている現状に疑問の声が上がっているといったところでしょうか。ここはやはり、公平を期すためには慶輔氏側の真実も伝えたいと思っているのでは？」

公平な真実。

それこそ、千里の望みだ。

願ってもない土屋の言葉に、気持ちがグッと大きく揺れた。

「ですが、今のところ、慶輔氏は反論したくてもできない状況ですから。だったら、ぜひ、真山さんに真実を語っていただきたい。そういうことですよ」

「事件の——真実を」

「そうです。慶輔氏の代わりに」

できるだろうか？　そんな大役が、自分に。

「ギャラといいますか、インタビューに対する謝礼はもちろんありますので」

「……え？」

思ってもみない言葉に、千里は目を瞠《みは》る。

「ホント、ですか？」

「もちろんです」

たとえば――と、土屋が口に出したのは一般常識的な謝礼から特別なケースのランク付けまでだった。

「もちろん、相場はありますが。喉《のど》から手が出るほどのスクープを欲しがっているのはどこも同じですから。会見ではなく一社独占インタビューなら、まず二百万は固いでしょう」

（嘘……。それって、あたしをからかってるのよね？）

事実を語るだけで――二百万円？

（……ホントに？）

思わず、ゴクリと喉が鳴った。

「実名、顔出しＯＫだったら情報の信憑性《しんぴょうせい》は確定されますから、更に二百万ですかね」

リスクを承知ならば、更に……二百万円？

「もしかしたら、真山さんの言い値でも充分イケると思いますよ？　それだけ世間の関心が高い事件なわけですから。もしかしたら、反響次第では第二弾は倍額なんてこともあるでしょうし」

そんな。

まさか――本当に？

千里のことはすでにイニシャル報道されていて、周囲の人間にはモロバレになっているが。

だからといって、実名は困る。顔出しなんて、更にできるわけがない。全国ネットで指名手配されるようなものである。

そんなことをしたら、瑞希の人生までメチャクチャになってしまう。

——いや。もうすでに、最悪な状態である。

瑞希は今、心労が祟《たた》って身も心もボロボロで心療内科に入院中である。だから、銀流社から出ることになっている第二弾では、瑞希が尚人を襲った暴行事件とはまったくの無関係であることをきちんと書いてもらうつもりだった。

しかし。二百万円＋二百万円＝四百万円。

もしかしたら……それ以上？

そのギャランティーはすこぶる魅力的だが、そのためにハイリスクを冒すほどの度胸も根性もない千里だった。

慶輔を愛している。

それは、誰に対しても堂々と胸を張って言えるが。いっそ開き直って実名と顔を曝してもいいと思えるほど、千里は自暴自棄にはなれなかった。

——だが。

「インタビューに応じるだけで、本当に二百万いただけるんですか？」

「そうです」

本音を言えば、お金は欲しい。

本が売れた印税は慶輔のものであって、千里のものではないからだ。

実質、ホテルの滞在費は銀流社持ちであったし。本が五十万部売れたからといって、すぐに夢のような印税生活ができるわけでもない。

――ということを、初めて知った。慶輔の銀行口座に印税が入金されるのは二ヶ月先のことである。しかも、それは初版分だけで、重版分は更にその先になるという。

その印税も、借金を清算すればグッと目減りをしてしまうのだ。だから、千里は『人材の墓場』と呼ばれる今の部署に飛ばされてもしぶとく会社に居座り続けている。固定給があって、健康保険証も使える。だから、だ。

慶輔が借金まみれになってからの生活費は、千里が払ってきたのだ。たまには、貯蓄を切り崩して。おいそれと、会社を辞めるわけにはいかない。

ホテル代が出版社持ちであっても、日常生活は実費である。それに、今は瑞希を心療内科に入院させてもいる。

ましてや、慶輔がこんなことになってしまっては……。それを考えると、当座の資金として二百万円という大金は喉から手が出るほどに欲しかった。

「あの……土屋さん。その独占インタビューのこと、詳しく聞かせていただけます？」

千里は真剣そのもので、それを口にした。

《＊＊＊波紋の行方＊＊＊》

某テレビ局が『緊急特番』と銘打って千里《ちさと》の独占インタビューを放送すると知ったとき、雅《まさ》紀《き》は大して驚きもしなかった。そういう噂なら、明仁《あきひと》が会見を開いた当初からあったからだ。ひっそり……ではなく、むしろモグラ叩《たた》きゲーム的に絶え間なく。

テレビか。雑誌か。ネットか。スポーツ紙か。いずれ、どこかの誰かが千里を担ぎ出すのも時間の問題だろうと。

マスメディア的には、反響が大きければ大きいほどに懐具合は潤う。これまでのことを思えば、ずぶの素人でもその構図はミエミエだった。

連中の本命は、もちろん慶輔《けいすけ》だろうが。あいにく、慶輔の意識はいまだに戻らない。刺された下腹部の手術後に脳内出血を起こしての再手術ということで、容体は予断を許さない。

――らしい。

そういうモロモロの情報は、付きまとうレポーターが投げかける詰問となって雅紀の耳にも入ってきた。別に、取り立てて知りたいわけではないのにだ。

慶輔がそういう状態であるから、千里に出番が回ってきた。言ってしまえば、それだけのことである。

雅紀的には、あまりに安易すぎて笑えもしないが。あれだけ派手にバッシングされれば、慶輔にとっての『運命の女《ファム・ファタール》』として、反論のひとつでもブチカマしたくなるだろう。

最愛の男のために？

——違う。

（やっぱ、最後にモノを言うのは金だろうな）

周囲は、あの手この手で千里を担ぎ出そうと躍起だろうが。千里だってバカじゃない。これまでの一連の騒動を実体験しているわけだから、むしろ、自分がピンで表舞台に立つことなど望まないに違いない。

そのリスクをあえて無視して独占インタビューに応じるということは、提示された条件が破格だったからだろう。つまりは、金銭的な。それ以外に、千里がテレビの前に出てくる理由《メリット》はない。

きっぱりと断言できるくらいには、千里の懐事情が読めた。

暴露本がバカ売れしたからといって、その印税がすぐに現金化されるわけではない。ましてや、その印税の大半は借金で棒引きになる。

——はずだ。

そのための暴露本出版だったからだ。

はっきり言って、今の慶輔に金銭的な余裕はないだろう。本当か嘘か知らないが、ホテルの滞在費も出版社持ちだというのだから。銀流社としては、今やドル箱作家に大化けした慶輔を他社に持って行かれると困る——らしい。

慶輔と拓也《たくや》の修羅場がどうだったのか。骨肉の争いを覗《のぞ》き見したがる世間の野次馬は『密室の真相』なるモノを知りたがってウズウズしているかもしれないが、はっきり言って、雅紀は興味の欠片もない。

明仁にしても、記者会見ではどんなに突っ込まれても『拓也の気持ちを代弁することはできない』ことで切り捨てた。

ブチまけて言ってしまえば、身内の恥——だからだ。

自分のプライバシーを金で売り渡すのは人前で自慰行為をするに等しい。そんな露出趣味に走る変態は慶輔一人だけでたくさん。それが、明仁の偽らざる本音だろう。

雅紀にさえ、あえて詳しい説明はしなかった。

むろん、雅紀も聞かなかった。聞いても、知っても、百害あって一利なし——だからだ。

だから。今更千里が何を語ろうが興味も関心もなく、どうでもよかった。

ただ、その内容がひどく偏った主張——千里にとっての真実になるだろうことは充分予想できた。そして、それが、更なる物議を醸すだろうことも。

§§§§§　§§§§§　§§§§§　§§§§§

雅紀がいない、裕太《ゆうた》と二人だけの夕食はいつもワンパターンである。

偏食キングである裕太はとりあえずテーブルに出されたメニューを消化することに専念し、尚人《なおと》がたまに話を振っても生返事がかえってくるだけで、会話は弾まない。だから、自然と尚人も無口だった。

しかし。

その夜は、いつもとちょっと違った。

普段はゆっくり時間をかけてモソモソと食べる裕太が、ガツガツ……だった。思わずビックリ、尚人が固まってしまうほどに。

(どうしちゃったんだ？　裕太)

尚人の驚きは、それに留まらなかった。

食事を終えた裕太が自分の食器を流し台に持っていったあと、そのまま二階の自室には戻らないでソファーにどっかり腰を落とすとテレビをつけたのだ。

（うわ……何？　そんなに見たい番組でもあったわけ？）

いつもとは違うパターンに尚人は目を瞠る。

尚人も裕太も、普段は滅多にテレビは見ない。この間の明仁の記者会見だけは例外だが。

裕太は相変わらず自室に閉じこもってパソコンと格闘していたし、一日の大半が学業と家事優先の尚人はゆっくり座ってテレビを見る時間もなかった。知りたい情報はパソコンでチェックできたし、バラエティーにもお笑いにもテレビドラマにも興味はなかった。今は新聞も取っていないから、テレビがこの時間に何をやっているのかも知らなかった。

だから、裕太がチャンネルを無駄に弄《いじ》ることもなく、一度の操作でリモコンをテーブルに置いたとき。尚人も自然とテレビに釘付けになった。いったい、裕太が何を見るのかが気になって。

――が。

【緊急独占スペシャル。あの日ホテルの一室で何があったのか？　篠宮《しのみや》慶輔氏の愛人、すべてを語る】

意味深な音楽とともにその文字が画面いっぱい映し出されたとき、思わずドキリとした。

（――って、マジ？）

挑発的な煽《あお》り文句が、ではなく。裕太の見たいモノが……いや、知りたいことがそれなのかと思うと尚人の心中はけっこう複雑だった。

あの日、そこで何があったのか。それは明白だったが、詳しいことは何も知らない。起こってしまった事実だけでも衝撃的だったし、報道されていること以外は知る必要もないし、複雑な大人の事情とやらをあえて知りたいとも思わなかった。

いや――むしろ、聞いてはいけないような気がした。

なぜなら。拓也の葬儀で、智之《ともゆき》の憔悴《しょうすい》しきった顔つきを見てしまったからだ。

後悔と。

無念と。

――自責の念。

拓也の死に対する様々な感情が渦巻いている顔だった。

だから、瑛《あきら》の八つ当たりの捌《は》け口《ぐち》にされてもいい……わけではなかったが。少なくとも、肉体的にも精神的にも衰弱しきって自死した母親の死に様を目の当たりにした尚人には智之の気持ちが痛いほどよくわかった。

どうして――こんなことに？

世間で言われているそれとは、言葉の重さが違う。響きが違う。なにより、問いかける意味が――違う。

当時の自分たちは無力な子どもだったが、智之は違う。それがあんな形で拓也を死なせてしまったという事実は、ある意味、受け入れがたい現実だったに違いない。

あのホテルの一室で、どんな修羅場があったのか。

その事実を知っているのは、今それを語れるのは、智之と千里しかいないという現実。智之が頑《かたく》なに口を閉ざしているそれを、あの無神経な女がテレビで語るのだという。それだけで尚人は、なんだか虫酸《むしず》が走るような気分になった。

何を。

どこまで。

どんなふうに——語るにしろ、智之にすれば、赤の他人に塞《ふさ》がらない傷口を掻《か》きむしられるようなものだろう。

(マジで最悪……なんじゃない?)

わずかに唇を歪《ゆが》ませた。

——そのとき。

《あの日、慶輔さんは銀流社の担当さんと、ホテルの部屋で打ち合わせをしていました》

ひどく耳障りな声が流れてきた。

ハッとして、テレビに目をやると。どこかのホテルの部屋らしいソファーに腰掛けた千里らしき人物の胸から下だけが映っていた。

《告白本の第二弾の打ち合わせですね?》

《そうです。時間にして、約三時間ほどでした》

よくある音声変換された声はキンキンとした雑音もどきで、聞き苦しい。声のトーンだけでは千里が緊張しているのかいないのか、それすらもわからない。
《そのあと、拓也氏と智之氏がやってきたわけですか?》
《はい。担当さんが帰られてすぐ、でした》
《それは——もしかしたら、二人がどこかで慶輔氏の部屋を見張っていたとか、そういうことでしょうか?》
《わかりません》
《でも、あなたが二人を中に入れたわけですね?》
《違います》
《それは、どういう?》
《ドアを開けたら、名前も言わずにいきなり押し入ってきたんです》
《押し入ったんですね?》
《そうです。担当さんが帰られてすぐにドアフォンが鳴ったので、もしかしたら忘れ物でもしたのかと思って。あの部屋に慶輔さんがいるのを知っていたのは銀流社の方だけだったので、それで、確かめもせずについドアを開けたら、あの二人が……》
千里は一瞬言葉を詰まらせて、吐き出した。
《もしも、あのとき。わたしがちゃんと相手を確かめていたら……。ドアを開けなければ……。

そうすれば、慶輔さんがあんな目に遭うことはなかったのに……》

千里は悔恨の言葉を口にして、膝上《ひざ》で組んだ指を震わせた。

もしも。

……たら。

………れば。

今の今、そんなことを口にしても始まらない。時間は元には戻らない。事実は――変えられない。

それでも。

なぜか。

憔悴しきったまま何も語ろうとしない智之に引き比べて、千里が口にする悔恨の台詞がひどく白々しく聞こえて仕方がない尚人であった。

§§§§　§§§§　§§§§　§§§§

青山《あおやま》の一等地にあるフォト・スタジオ。

「はい。目線、こっちで」

軽快な音楽が流れるその一画で、カメラマンの指示が飛ぶ。

「いいよ。いいねぇ。じゃあ、そのまま極上プリンススマイルでいってみよう」

シャッター音がバチバチと響き渡る。

はい、こっち。

次は、あっち。

今度は、そっち。

ときには意味不明な言葉の羅列にも何ひとつ文句を言うわけでもなく、雅紀はポーズを取り続ける。そして。

「はーい、お疲れさまぁ。今日は、これでラストでーす」

アシスタントの声が響くと、ようやく今日の仕事が終わった。

「どうも、『ＭＡＳＡＫＩ』さん。お疲れさまでした」

今日初めて組んだスタイリストが駆け寄ってきて、雅紀の肩から豪華なファー付きのコートを脱がせた。

――と。先にセットから降りたタカアキが、

「加々美《かがみ》さんッ」

いきなり大声を張り上げたかと思ったら、満面の笑顔でドカドカとドアのほうへと走ってい

った。

「あー、ちょっと『タカアキ』さん。困ります。先に脱いでくださいッ」

慌てまくった声でアシスタントが追っていく。そんなことはまるっきり無視して、

「なんだ。急に、どうしたんです？　あ……もしかして、俺を迎えに来てくれたんですか？」

バカでかい声で、タカアキが見えないシッポをブンブン振りまくる。

(無駄にテンション高すぎ)

内心、雅紀はボソリとこぼす。それくらいの集中力を出し切れば、もっとずっとスムーズに撮影は終わっていたことだろう。

(あのバカ、ホントにムラッ気が多すぎ)

だから、雅紀はタカアキ絡みの仕事をしたくない。

なのに。なぜか、グラビア撮影が被《かぶ》ることが多い。もしかして『アズラエル』の陰謀ではないかと、半ば本気で舌打ちしたくなる雅紀であった。

事務所の大先輩でもある加々美が、大好き。それを隠そうともしないタカアキは、熱烈大歓迎でシッポを振りまくりだが。

「デートのお誘いはおまえじゃねーよ」

軽くあしらわれて。

「エーッ、なんでですか。たまには飯を奢《おご》ってくださいよぉ」

加々美にまとわりつくタカアキのテンションは更にヒートアップする。

「食欲魔神の胃袋を持つおまえとメシに行ったら、間違いなく俺の財布は空になる」

「だから、ラーメンライスでいいですって」

加々美にラーメンライス……。呆《あき》れて言葉もない。

おまえ、バカだろう――もどきの視線でスタジオが一気にざわついた。

――そのとき。

「おい、雅紀ッ」

加々美が思いっきり通る声で呼ばわった。

(だからぁ。なんで、そこで、俺に振るんですか)

絶対に嫌がらせだ。

鬱陶《うっとう》しさ丸出しのタカアキに、これ以上まとわりつかれたくないのがミエミエである。

「雅紀。メシ、行くぞ」

(そんな約束してませんけど)

ジロリと睨《にら》むと、

『いいじゃねーか。堅いこと言うなよ』

とばかりに、加々美は片頬《ほお》で笑った。

雅紀が絶対に断らないことを知り尽くしているような確信犯的な加々美の笑顔は、まさに色悪だった。対照的に、タカアキのそれは雅紀を射殺しそうなほどに尖りきっていたが。

「ンじゃ、下の駐車場で待ってるからなぁ。さっさと降りて来いよ」

ヒラヒラと手を振って加々美は去っていく。スタジオ内に一陣の旋風を巻き起こしたまま、メンズモデル界の帝王の威厳というには軽やかすぎる足取りで。

帰り支度を終えて雅紀が地下駐車場に降りていくと、愛車に寄りかかったまま、加々美は煙草を燻《くゆ》らせていた。

カツカツと靴音を響かせて歩み寄るなり、

「加々美さん。ミエミエの確信犯で俺をあいつの噛《か》ませ犬にするの、やめてもらいたいんですけど」

雅紀が苦言を呈すると、加々美は口の端で笑った。ひどく人の悪い、なのに人を魅了せずにはおかない艶《つや》っぽさで。

「ノーブレス・オブリージュ」

「はぁ?」

雅紀は片眉を跳ね上げた。

ノーブレス・オブリージュ——とは、身分の高い者にはそれに相応《ふさわ》しい義務と責任が課せられるという意味である。雅紀の記憶が正しければ、だが。

「つまり、カリスマなおまえには、あらゆる意味で後輩を大いに刺激してもらいたいわけ」

「それを言うなら、俺よりも加々美さんでしょ」

あらゆる意味で、いまだ加々美には何ひとつ勝てる気がしない雅紀であった。

「俺じゃダメなんだよ。あいつの仮想敵やるにはパワー不足だし。なんたって、歳、食い過ぎてるからな」

有名どころのカメラマンを微笑ひとつで誑《タラ》しまくってる帝王様が、どの口でそれを言うか──である。

だいたい、雅紀を堂々と嚙ませ犬にするという発想自体、不敵なギャンブラーもいいところである。

「ほら、乗れよ」

ポケットから携帯灰皿を取り出して煙草を揉《も》み消すと。加々美はドアを開けて乗り込んだ。

反対側のドアを開けて助手席に座ると、雅紀はシートベルトをしながらボソリと言った。

「俺があいつに脅威を感じて潰《つぶ》す可能性は、まったく考えてもいないんですか?」

「それがおまえの本音なら、願ったり叶《かな》ったり?」

エンジンを吹かせて、加々美はアクセルを踏んだ。

「また、そういうことを平気で言う」

呆れて言葉もないとは、まさにこのことだ。

車は、スロープをゆっくりと上がった。

「だから、カリスマの真髄《しんずい》を見せてやってくれってこと」

「イヤですよ」

雅紀は即答する。

「なんで？」

「無駄に吠《ほ》えまくってる駄犬に構ってる暇はないですから」

本音である。雅紀自身、まだ発展途上であることを自負しているので。

タカアキを思いっきり駄犬呼ばわりされても、加々美は片頰で笑うだけだった。事務所的には『タカアキ』が期待の新人であることに違いはないだろうが、加々美の本音はイマイチ……読めない。

感性は磨けばそれなりに光るかもしれないが、持って生まれた華《個性》は努力だけではどうにもならない。

雅紀が思うに。どう足搔《あが》いても、どんなに恰好を付けまくっても、タカアキに『色悪』は無理だろう。

加々美にはなれないから、雅紀は別個性を目指したのだ。個性の猿真似はできても、実が伴わなければただ滑稽《こっけい》なだけだ。それを思い、更に気を引き締める雅紀だった。

和風ダイニング『真砂《まさご》』。

加々美の行きつけの店だが、今では雅紀もすっかり常連と化してしまった。

加々美と連れ立ってくるときは、いつも奥の個室である。美味《うま》い酒を酌《く》み交わし、美味な料理を堪能する。多忙なスケジュールの合間を縫っての加々美との会食は、雅紀にとってはひとときのオアシス・タイムでもあった。

「とりあえず、お疲れさん。……だな」

加々美の言うそれが今日のグラビア撮影でないことは、言うまでもないことである。

「別に、疲れてはないですよ。喪主代わりだった伯父は、慣れないマスコミ相手でそれなりに大変だったでしょうが」

雅紀にとって、あれはただの義理である。

孫としての義理は果たした。明仁には申し訳ないが、それが本音だった。

「一人だけ、ド派手に悪目立ちしてたじゃないか」

「それは、俺のせいじゃありません」

きっぱりと断言する。

「まぁ、最初から最後までフォーカスのピントがド派手だったおかげで、周囲がいいふうにボケたってとこ?」

それは――否定しない。

視点がブレないと、周囲の関心も低下する。——という意味においては、だが。

「ところで——見たか?」

「見てません」

「まだ何も言ってないのに即答かよ?」

「そんなの、昨日の今日じゃ丸わかりじゃないですか」

それでなくても、いつも以上に外野の視線がビシビシ突き刺さっていたのだから。

さすがに、面と向かってその話題を雅紀に振ってくるような命知らずのチャレンジャーはいなかったが。

だから、千里の独占インタビューである。

「相当、鼻息が荒かったみたいだけど?」

「噂は、妄想する隙間があるからみんなして好き勝手に盛り上がれるわけですから。本人がしゃしゃり出てきたら、別の意味で興ざめもいいとこだと思いますけど。かえって、逆効果だったんじゃないですか?」

ゴールデンタイムに堂々と特番をぶつけてきたギャンブラー根性は、買うが。不実と無責任のツケを綺麗事《きれいごと》のファンタジーにすり替えても、よけいな反感を買うだけだろう。

「なんだ。見てないくせに、見ていたようなことを言うんだな」

「弟が見ていたらしいので」

「尚人君が？」

「主に、下のが」

滅多にテレビなど見ないくせに、裕太も変なところで屈折しまくっている。

「あそこまで自分を……というか物事を自分に都合よく正当化できるなんていっそ笑えた、とか言ってました」

それがどこまでなのか、雅紀にはわからないが。想像はできる。何を力説されても、容認するつもりはないが。

「裕太君……だっけ？　ずいぶん根性据《す》わってるな」

「俺と同じくらいには屈折しまくってますけど」

「そりゃあ、尚人君がいるから安心して屈折できてるんだろ。おまえも、裕太君も」

図星を突かれて、雅紀は思わず苦笑する。屈折の温度差も方向性も裕太とは真逆だが、加々美が言うように基本は同じである。

「じゃあ、おまえ的には何の心配もないわけだ？」

「あれは視界のゴミ以下ですから。今更本性がテレビで暴露されたからって、どうでもいいですよ」

マスコミの思惑はまったく別のところにあるのだろうが。

「そうなのか？」

「はい」

単なる見栄ではなく。

「今回のことについて世間が何をどう思っても、それは世間の勝手ですから。それでどうなろうと、俺たちの知ったこっちゃないです」

限りなく加害者に近い被害者の息子と呼ばれるのか。それとも、身内の恥をナイフで解決しようとした短絡思考の老人の孫と言われるのか。

そんなものは、どうとでも勝手にカテゴライズすればいいのだ。

雅紀たちには、そんなことよりももっと大事なことがある。

自分たち家族にとって護るべきものは、日常のささやかな平穏。それだけである。

人の不幸に群がるハイエナどもに、餌《えさ》をバラ撒《ま》いてやる義理もない。金でマスコミに踊らされている千里が、どんな被害者意識をブチカマそうともだ。

否定も、肯定もする気はない。何が真実であるかは、はっきりしているからだ。

慶輔が拓也に刺され、慶輔は生き残って拓也は死んだ。それだけだ。

だったら、あとは何も語るべきことはない。雅紀にとっての真実は、それだけだった。

《＊＊＊岐路＊＊＊》

重い。

痛い。

——苦しい。

引《ひ》き攣《つ》る。

捩《よじ》れる。

節々が——軋《きし》る。

足も、腕も、頭も、粘りついて身動きが取れない。

そんなコールタールのような暗くて重いだけの闇が明けて、ふと、意識が戻ったとき。掠《かす》れて歪《ゆが》んだ視界にあったのは、白い天井だった。

(……なん…だ?)

見慣れない、白い天井……。

(——どこだ?)

自分が今、どこにいるのか――わからなかった。

ズキズキズキズキズキズキズキズキ…………………。

頭の芯《しん》が、ひどく痛む。

…………………キリキリキリキリキリキリキリキリ。

鉛を詰め込んだかのような身体は身動きひとつできないのに、どこもかしこも、骨の節々まで軋んだ。

ここは――どこだ？

ズキズキと痛む頭で、翳《かす》んだ視界の中で、慶輔《けいすけ》はそればかりを思った。

§§§§　§§§§§　§§§§§　§§§§

その日の午後。

いつものように昼食《ランチ》から会社に戻ってきたとき、携帯電話が鳴った。

慶輔が入院している病院からだった。

(何かあったのかしら？)

不吉な思いがチラリと頭を過《よ》ぎって、一瞬、ドキリとする。予期しない電話が鳴るときは、たいがい不幸の前触れである。

これまでの千里《ちさと》の人生は、その繰り返しであった。

両親が事故で死んだとき。サークル仲間から弾き出されたとき。結婚まで考えた恋人に振られたとき。慶輔の妻が自殺したとき。嫌な思い出ほど、記憶は鮮明なままだ。

だが。それはただの杞憂《きゆう》で、病院からの電話は慶輔の意識が戻った吉報だと知り、千里は自席の机に突っ伏して号泣した。

よかった。

本当に——よかった。

毎日、毎日。張り詰めるだけ張り詰めた緊張の糸がプッツリ切れて、千里は人目も憚《はばか》らずに泣きじゃくった。

最悪な時期は去った。自分にとっても慶輔にとっても、これからが新しい日々の始まりだと思った。

§§§§§　§§§§§　§§§§§　§§§§§

堂森《どうもり》、篠宮《しのみや》家。

「じゃあ、おふくろ。また、様子を見に来るから」

「大丈夫よ。そんなに心配しなくても」

今回のことで心労が著しい母親――秋穂《あきほ》は、ゲッソリとやつれてしまった。白髪も一気に増えた――ような気がした。それは、明仁《あきひと》も同じだったが。

拓也《たくや》があんな死に方をしてしまった今、堂森の家に秋穂一人を残しておくのは正直……不安だった。とりあえず、騒ぎが落ち着くまでは明仁の家に来るように言ったのだが、何をどう言っても秋穂は首を縦に振らなかった。

――なぜだ？

――どうして？

だったら。当分、自分が篠宮の家に戻ることも考えたが、それもやんわりと拒否された。

わけがわからない。

体調を崩して入院し、拓也の葬儀にも出られなかった秋穂である。退院したばかりで、身体のこともそうだが精神的にも参っているのに一人暮らしなんて無理に決まってるだろう。

その台詞《せりふ》が喉《のど》まで出かかって。

「いろいろと考えたいことがあるから。あなたたちの気持ちは嬉《うれ》しいけど、しばらく一人になりたいの」

それを言われてしまったら、もう、何も言えなくなった。

「麻子《あさこ》さんも、様子を見に来てくれるって言ってるし」

それは、ただの社交辞令だ。

「何かあれば、携帯電話に連絡すればいいんだから。そしたら、すぐにこっちに来てもらえるでしょう？」

秋穂が智之《ともゆき》の妻を何かと頼りにしているのは知っているが、麻子だって、今はそれどころではない。拓也の死に対して多大な自責の念を抱いている智之が心配で、義母のことまで構っていられない。それが本音だろう。

どうして、それがわからない？

拓也を亡くしたショックでそこまで考えられないのかもしれないが、明仁的には、麻子にこれ以上の負担はかけられない。かけたくない。それが本心だった。

最終的に、老親の面倒を見るのは長男である自分の責任。常々、それは思っていたが。

『男は家庭を持って一人前。それができんような半人前のおまえの世話になどならん』

それが拓也の口癖だった。加齢による身体の衰えは当然あっても、大きな持病を患っているわけでもなく。日頃のかくしゃくぶりを見知っていただけに、智之ともども、

「この分じゃ、下手すりゃ俺たちのほうが先にくたばっちまうかもな」

などと、笑い飛ばしていたくらいだった。

——なのに。

あまりに突然の、予想もできない拓也の死だった。

こんな死に様など、考えられもしなかった。

受け入れがたい現実に気持ちの整理がつかないのは、秋穂や智之ばかりではない。明仁も同じだ。

何を。

どこから。

どうやって。

親は子よりも先に逝《い》く。漠然とした将来の話が、先延ばしになっていたことが一気にこんな形で現実化して、正直——焦る。本当に、なんの覚悟もできていなかった自分をただ痛感させられて。

(……まいったな)

情けない。

——不甲斐《ふがい》ない。

心底、そう思う。雅紀《まさき》があの年齢でしっかり自己を確立しているのに引き比べて、自分がどうしようもなく甘ちゃんだと思い知らされたような気がした。

ただの錯覚でも感傷でもなく、ましてや、言葉の綾《あや》ですらない。本音で、人生の岐路に立たされているような気がした。

父親が弟を刺して、死んだ。その事実があまりにも重すぎて。

考えるべきことが多すぎて、ズキズキと偏頭痛がする。

そんなことを思いつつ車に乗り込んだとき、胸ポケットの携帯電話が鳴った。着信表示は見慣れない番号だった。

(——誰だ?)

気にしつつも通話ボタンを押す。

「はい。篠宮です」

それが、慶輔が入院している病院からだと知って。

——ドクリ。

鼓動が大きくひとつ跳ねた。

「弟の意識が戻った? ……そうですか。はい、ありがとうございました」

通話ボタンをOFFにして。明仁は、深々とため息をこぼした。慶輔が意識を取り戻したことを、素直に喜べない自分を知って。

§§§§§　§§§§§　§§§§§　§§§§§

雅紀がその知らせを受け取ったのは、携帯の留守録に入っていた明仁からの伝言であった。

『慶輔の意識が戻った。一応、それだけ、知らせておく』

実に淡々とした口調だった。

(明仁伯父さんも律儀だよなぁ)

慶輔の意識が戻ろうが、戻るまいが、別にどうでもいい。それが雅紀の本心だと明仁も知っているだろうに。

(まっ、マスコミから又聞きになるよりはマシ……ってとこか)

例の千里の独占インタビューは、各方面で様々な物議を醸している。

放映されたテレビ局には視聴者からの苦情が殺到しているらしい。ネット情報ではその九割近くが不快を訴えていたそうだが、局としての本音は視聴率さえ取れれば大成功……万々歳だったに違いない。

実際、四〇パーセントは軽く越えていたそうだから、夜のゴールデンタイムにぶつけた価値は充分にあったに違いない。

日本全国、総覗《のぞ》き趣味。

それもこれも、事件があまりにセンセーショナルというよりスキャンダラスな話題の落ちる先が実父による殺人未遂という、ある意味、予想外のドラマチックな展開に皆がビックリ仰天だったからだろう。

そんなふうに他人事《ひとごと》のように割り切ってしまえる雅紀が異質——なのかもしれないが。

(これでまた、当分うるさくなりそうだよな)

マスコミは新たな展開が見えて、こぞって小躍りしそうだが。雅紀にとって、それもすっかり悪慣れした日常……にすぎなかった。

§§§§§　§§§§§　§§§§§　§§§§§

病院からの連絡を受けて千里が急いで駆けつけたとき、慶輔は寝ていた。

だが。いつもと違っていたのは、その顔を覆っていたいくつものチューブがなくなっていたことだ。慶輔の顔はゲッソリと蒼《あお》ざめたままだったが、それでようやく、千里は慶輔の意識が戻ったことを実感できた。

——よかった。

安堵《あんど》感が今更のように込み上げてきて、千里は思わず涙ぐんだ。

拭《ぬぐ》っても、拭っても。あとからあとから込み上げてくる涙は止まらなかった。そして、ようやく気持ちが落ち着いたとき、病室のドアが開いて担当の看護師が入ってきた。

「お世話になっております」

千里は深々と頭を下げた。

すでに顔馴染《なじ》みの看護師は、たとえ患者の私生活がスキャンダラスの極みであろうと仕事に徹したプロであることを強調するように、

「よかったですね」

含みのない笑顔を向けた。

「はい。ありがとうございます」

本心から、口にする。

看護師は点滴をチェックしたあと、ふと思い出したように言った。

「篠宮さん、意識が戻ってからずっと真山《まやま》さんを呼んでらっしゃいましたよ？」

「ホントに？」

「はい。妻は？　妻は？　……って、何度も」

妻？

――本当に？

慶輔が。

——自分のことを?

今までずっと、慶輔は『千里』としか呼ばなかった。千里に対しても、人前でも。

正式に結婚はしていないのだから『妻』とは呼べない。あるいは、亡妻に対するある種のわだかまりがあるのか。理由がなんであれ、千里は大して気にもしていなかった。

むしろ。慶輔に名前で呼ばれることの方が嬉しかった。『妻』という肩書きではなく、一人の人間としてちゃんと愛されているような気がして。

けれども。今回こんな大騒動になって、手術の承諾書はむろんのこと、入院手続きひとつをとっても自分と慶輔は形式上はなんの繋《つな》がりもない赤の他人であることを痛感させられた。たとえ、どんなに愛し合っていても、書類上、千里にはなんの法的権利もなければ意見を主張する資格もないのだと思い知らされた。

これまで、二人にとっては愛情さえあれば世俗的な形式にはこだわらないという暗黙の了解があった。それで、なんの不都合もなければ不満もなかった。自分は誰よりも慶輔に愛されているという自信と自負があったからだ。

その慶輔が、看護師に向かって自分を『妻』と呼んでくれたのだという。

(あー……)

感極まって、千里は涙がこぼれた。

「すみません……わたし……」

「本当によかったですね」

看護師の言葉にはなんの皮肉も感じられなかった。それが——嬉しい。

「はい」

しっかりと、千里は頷《うなず》き返した。

そのとき。慶輔がうっすらと目を開けた。

「篠宮さん。ご気分はいかがですか？」

慶輔はわずかに視線を泳がせて。

「妻……は？　妻は……どこに？」

掠れて覇気《はき》のない声で呟《つぶや》いた。

脳卒中だと言われたときには、深刻な後遺症が残るかもしれないということは説明されたが。

慶輔の声を聞く限り、言語障害などの心配は杞憂のように思えて。千里は心底安堵した。

「はい。いらっしゃいますよ？　そこに」

看護師の視線に促されて、千里はベッド脇まで歩み寄って慶輔の手をしっかり握りしめた。

「慶輔さん。よかった、気が付いて。本当に……よかった」

慶輔は束の間、千里を凝視した。

「あれから三週間もずっと意識がなくて。とても心配してたのよ？」

千里は想いの丈を込め、潤んだ熱い眼差しで語りかける。

――だが。

なぜか、慶輔は無反応だった。握りしめた手を握り返してもくれない。

「慶輔さん、どうしたの？　どこか……痛い？」

刺された傷は順調に回復していると主治医は言ったが、なにしろ、その後に脳内出血を起こしたほうが重症だった。

するとる。慶輔は、怪訝《けげん》な顔で言った。

「あなた……は？」

「え……？」

一瞬、聞き違えたのかと千里は目を見開き。

慶輔の手を更に強く握りしめて、その目を覗き込んだ。

「あたしよ、慶輔さん」

――と、慶輔は。ぎくしゃくと目を逸《そ》らせて、看護師を見やった。

「あの……妻は？　奈津子《なつこ》は……どこに？」

奈津子？

(ウソ……どうして？)

それは、慶輔の亡妻の名前である。

まさか、今更、その名前を慶輔の口から聞かされるとは思ってもみなかった。

「妻を……奈津子を、呼んで……ください」

とうに死んでしまった人間を『妻』と呼ぶ慶輔が――信じられなかった。

「奈津子は……どこですか？　妻は……どこに？」

千里を見ずに、慶輔はしきりに亡妻の名前を呼ぶ。

――嘘。

――なんで？

――どうして？

その瞬間。千里は、頭の中が真っ白になった。

§§§§§　§§§§§　§§§§§　§§§§§

「記憶障害……ですか？」

慶輔の主治医から電話で呼び出されるなり、いきなり思ってもみない話を切り出されて明仁は困惑した。

「そうです。篠宮さんの場合は一時的な記憶の混濁《こんだく》ではなく、ある期間内のことを思い出せない状態にある健忘症と思われます」

部分的な記憶喪失……。

なぜ？

――そんなことが？

「それは脳内出血を起こしたことと、何か関係があるんですか？」

一瞬、慶輔を刺したショックで脳卒中を起こした拓也のことが頭に浮かんだ。

幸いにもと言うべきか。拓也の場合は、自らの死と引き替えに刑事責任という最悪な展開は免《まぬが》れたが。その分、残された家族のダメージはとてつもなく大きかった。

「ない……とは言い切れません」

「欠落した記憶が戻る可能性はあるんでしょうか？」

「はっきり申し上げて、その可能性はかなり低いかと」

明仁は、ひとつ大きなため息をついた。

「ご本人もかなり動揺というか、混乱されておりまして」

「私もです」

つい、本音がこぼれ落ちた。

今回の――というよりは、暴露本絡みの一連の騒動を知らないわけがないだろう主治医は何とも言えない顔をした。

「当然、事件のことも覚えていないんですよね？」

「ご本人的に、どうして病院にいるのかわからないようです。とりあえず、こちらとしても、脳卒中を起こしたから……としか答えようがないわけでして。だったら、どうして奥様が来ないのかと。そればかりを気にしておられるようです」

——最悪。

それを思い、明仁は再度どっぷりとため息をついた。

「今は意識が戻ったばかりで、まだ予断を許せない状況です。今後の治療方針も含め、これからはいろいろとご家族のサポートが欠かせません」

家族のサポート？

今の、この状態で？

それは——絶対に無理。

即答したいのは山々だったが、明仁の口を突いて出たのは深々としたため息だけだった。

「それで、まずはお兄さんのご意見を伺いたいと思いまして」

なぜ。

——どうして？

よりにもよって。

——こんなときに？

それを思い、明仁は途方に暮れた。

§§§§　§§§§　§§§§　§§§§

いったい……なぜ？

どうして、自分は病院《こんなところ》にいるのか？

わからない。

——思い出せない。

考えようとすると、なぜか頭の芯がズキズキした。ついでのオマケのように下腹部も痛む。

看護師に聞いても、主治医に尋ねても、まったく要領を得ない。

彼らが言うには、自分は脳卒中を起こしたのだそうだ。

（……どこで？）

それすらも、思い出せない。

自分はまだ、そんな歳ではないはずだ。毎年の会社の健康診断でも、そんな兆候などひとつもなかった。

もし、それが事実ならば、どうして妻は——奈津子は来ない？

家のことで……子どもに手がかかって病院に来る暇もないほど忙しいとでもいうのか？

——それとこれとは、まったく別の話だろう。

そりゃあ、いつも家庭のことは妻に任せっきりなのは事実だが。どこの家庭でも、母親とはそういうモノだろう。

結婚して、家庭を持って、子どもができて、それぞれが父親と母親になる。夫婦の会話が少なくなっても、それは自然の成り行きにすぎない。

夫は仕事を優先し、妻は夫《慶輔》のことよりも子どもを優先する。それは仕方がない。夫婦には互いの役割分担があるのだから。だから、いつの頃からか、日常生活がセックスレスに傾いてしまっても自分は取り立てて文句を言ったこともない。

自分は父親として家族を養っているという自負がある。仕事のできない男では困るのが、家族だろう。

なのに、なぜ？

どうして？

家族の誰も見舞いに来ないのだろう。

誰に聞いても、なぜだか、うまく要点をはぐらかされているような気がした。

いったい、何が？

いる。

妻は一度も来ないのに、見知らぬ女が毎日やってくる。いつも、悲しそうな目で自分を見ている。

——どうなっている?

(真山千里って……誰だ?)

わからないことが多すぎて、頭が痛い。

家族に会いたい。妻の声が——聴きたい。子どもたちの顔が見たい。

それを思い、慶輔はベッドの中で煩悶《はんもん》した。

《＊＊＊断ち切れないモノ＊＊＊》

水曜日の午後。

中庭に干してある洗濯物を取り込んでリビングで畳んでいたら、電話が鳴った。

いつも通りの留守電になっているので、裕太《ゆうた》は別段気にも留めなかった。こんな半端な時間にかけてくるのは、どうせロクでもないセールスに決まっている。

が——しかし。

いつもの音声メッセージのあとに、

『奈津子《なつこ》。俺だ。……いないのか？　また、かける』

流れてきた声に、思わずハッとして手を止めた。

（まさか……）

洗濯物をそのまま放り出して裕太は電話台まで行き、チカチカと点滅する留守電ランプを凝視した。

そして、ゆっくりと再生ボタンを押した。

『奈津子。俺だ。……いないのか？　また、かける』

喉奥《のど》でくぐもったような低い掠れ声。記憶にあるそれとは違う——声。それでも。

（これ……あいつだよな？）

聞き間違えようがなかった。

どういうつもり？

——も何もなかった。ただの嫌がらせにしては、タチが悪すぎる。いや、嫌がらせ以前の問題だった。

ムラムラ込み上げるモノを無理やり呑《の》み込んで、裕太は消去ボタンを押してメッセージを消した。

§§§§　§§§§　§§§§　§§§§

夕食後。

いつものように尚人《なおと》が食器を洗い終えると、タイミングよく電話が鳴った。非通知はむろんのこと、名前表示されない電話は取らずに留守番電話で対応するのが我が家のルール。

だから、一応、着信表示を確認した。

(公衆電話?)

尚人は、訝《いぶか》しげに小首を傾《かし》げる。

だが。音声メッセージに続いて、

『まだ帰ってないのか?　奈津子、こんな時間まで何をやってるんだ?　また電話する』

リアルに流れてくる声にギョッとした。

(ウソ……。何?　これ)

その場で、尚人は固まる。亡母の名前を呼ぶ不審者の声が、間違いなく慶輔《けいすけ》だと知って。

なんで?

どうして?

(わけ……わかんない)

ドクドクと逸《はや》る鼓動が耳に痛い。

「それって、やっぱ、あいつ?」

背後でいきなり裕太の声がして、ハッと振り向くと。

「あいつ――だよね?」

不快感丸出しで裕太が声を尖《とが》らせた。

「昨日の昼にもかかってきた」

「——え？」

「キモイから、ソッコーで消去してやったけど」

「マジで？」

「うん」

束の間、二人は沈黙する。

「あいつ……まだ病院じゃなかったっけ？」

そのはずだ。

少なくとも、尚人は何も聞いてない。いや——慶輔がどうなろうと、今更知りたいとも思わないが。

この間、テレビで千里《ちさと》が涙ながらに訴えていた。

《刺された被害者は慶輔さんなんです。いまだに意識が戻らない昏睡《こんすい》状態なんです。なのに、どうして、被害者である慶輔さんばかりが糾弾《きゅうだん》されなければならないんでしょうか？》

音声変換した耳障りな声で。

あれを聴いて。尚人は、あの姉妹は本当にどこまでいっても似た者同士なのだと思った。

ホントにもう、サイテー最悪。自分本位な、人の痛みがわからない奴。

「どういう嫌がらせだっつーの」

「タチ悪すぎだよね」

死んでしまった母親の名前まで口にするなんて——なんのつもり？

どういうつもり？

悪質すぎて、腹が立つのを通り越してマジで——気味が悪い。

「雅紀《まさき》兄さんが帰ってきたら、相談しよ」

「その録音は？」

「一応、取っておく。雅紀兄さんにも聞いてもらったほうがいいと思うし」

慶輔からの電話など、一発消去したいのは山々だが。

「……わかった」

不承不承、裕太も納得する。

別に、慶輔のことなどどうでもいいが。こんなふうに、理由のわからない不快な言動が一番気味が悪い。

拓也《たくや》が亡くなって、慶輔が生きている意味。

そんなことは考えたこともない。——と言えば、嘘になるが。

【憎まれっ子世に憚る】

今や、慶輔を語る上で外せない代名詞になってしまった。

刺されても、脳内出血を起こしても、死なずに生かされている意味があるとすれば。それは、世間で言われているような悪運などではないのではないかと思う。

人に恨まれて。

皆に疎まれて。

誰からも忌避される――人生。

それを『人生の墓場』というのではないかと、尚人は思った。

§§§　§§§§　§§§§　§§§§

その日。

五日ぶりに海外ロケから戻ってくるなり、留守録から流れてくる不可解な三件のメッセージを聞かされて、雅紀はしんなりと眉《まゆ》をひそめた。

(今更、なんの嫌がらせだ?)

まったく、わけがわからない。

慶輔が当てつけがましく家に電話をしてくる意味も、白々しいほどに平然と亡母の名前を口にする厚顔無恥も。

いったい――なんのために?

「この留守録以外は、ほかに何もないんだな？」

尚人と裕太を交互に見やって、雅紀が言った。

「今のところは、それだけ」

「けど、気色悪い」

「なんで、今更？」

「あれって、マジなわけ？　あいつ、頭イカレちまったんじゃねーの？」

裕太は視線を尖らせて吐き捨てた。

拓也の葬式が終わったら、それですべてのケジメがついて終わりだと思った。

だが。そうではなかった――らしい。

「あんな電話をしてくるってことは、あいつ、意識を取り戻したんだよね？」

「あー、明仁《あきひと》伯父さんから聞いた」

「そうなんだ？」

「それからすぐに海外《イタリア》だったから、おまえたちには言わなかったけど」

「祖父《じい》ちゃんの葬式も終わったんだから、別に、あいつのことなんか聞きたくもねーよ」

裕太だけではなく、だ。

「でも、こういうわけがわかんないのはヤだ」

「……俺も」

「そうだな」

雅紀も同意見である。

面と向かって売られる喧嘩《けんか》は、構わないが。買うか買わないかは、別にして。

ただ、こういうわけのわからない嫌がらせはきちんと解明しておくべきだろう。先の展開が読めないからだ。

雅紀はジャケットのポケットから携帯電話を取り出して、明仁に連絡をした。

「夜分、すみません。雅紀です。ちょっと、聞きたいことがありまして。……え？　今は自宅ですが。……明日ですか？　はい、わかりました。じゃあ、午後の一時に伺います」

通話をＯＦＦにすると。二対の目が、瞬きもせずに雅紀を見ていた。何がどうなっているのか、その説明を求めて。

「明仁伯父さんも、俺に話があるそうだ」

「あいつのことで？」

「たぶん」

はっきりと、慶輔の名前を口にしたわけではないが。今のこの状況で雅紀に話があるとすれば、慶輔関連で間違いはないだろう。

「だから、明日、行ってくる」

「明仁伯父さん家《チ》に？」

「そうだ」

「それって、なんの話だったか、おれたちにもちゃんと説明してくれるんだよね?」

そこは譲れないとばかりに、裕太は念押しする。

「あー、そのつもりだ」

ただの口約束ではなく、きちんと説明するつもりだった。いいことも、悪いことも。その受け止め方は三者三様かもしれないが、納得のできないことは話し合えばいい。

尚人も裕太も、それができる年齢になった。

真実からは、誰も目を逸らせない。

それは一人で抱え込むには重すぎる現実かもしれないが、自分たちは一人ではない。

守って。

護られて。

――強くなる。

それが家族の絆《きずな》というものだろう。そう思った。

§§§§　　§§§§§　　§§§§§　　§§§§§

明仁の家は、千束《ちづか》から車で約一時間の崎谷《さきや》市にある。当日は大した渋滞もなく、予定の時間内には着いた。

昔ながらの閑静な住宅街にある、たっぷりとした木々に囲まれた平屋の一戸建ては独身である明仁には広すぎるのではないかとも思うが。書道教室《アトリエ》と家庭菜園をしているからちょうどいいと言われれば、そんなものかとも思う。

人の出入りがごく普通の日常である明仁の家は、解放感に溢《あふ》れていた。

なにより。日常生活に他人が立ち入ることがない自宅《篠宮家》と比べること自体、無意味であると実感させられた。

「忙しいところを、すまないな」

作務衣《さむえ》姿の明仁は、そう言って雅紀をリビングに通した。

「いえ。車だとそんなに時間もかかりませんし」

淹《い》れたてのコーヒーは香ばしい匂《にお》いがした。一口飲んで、口当たりのまろやかさに雅紀は思わず口元を綻《ほころ》ばせた。

「美味《うま》い」

「あまり知られてはいないんだけど、アフリカ産なんだよ」

「そうなんですか？　マジで美味いです」

こだわりのあるコクと香りを絶賛されて、明仁は破顔した。

——が。

「それで？　俺に話したいことって、なんですか？」

柔和な笑顔も、すぐに引き締まった。

「おまえも、私に聞きたいことがあったんじゃないのか？」

「それは、あとでいいです」

「……そうか」

明仁はコーヒーを一口飲んで。

「実は、慶輔のことなんだが……」

唇重く切り出した。

「腹の手術後に脳内出血を起こして再手術をした後遺症なのかはわからないが、ここ十年分の記憶がごっそり欠落しているらしい」

「え——？」

雅紀は、一瞬ポカンと明仁を見やり。次いで、

「冗談でしょ？」

唇の端を歪めた。

「なら、よかったんだが。あいつは、親父に刺されたことも覚えていない」

意識を取り戻して最初に明仁を見て、

『兄貴。なんでいきなり、そんなに老け込んだんだ?』

本音で驚いていた。

「それって、つまり……」

雅紀はわずかに視線を落として、ギュッと指を組んだ。

「自分がなぜ病院にいるのか、わかっていなくて混乱していた。一応、脳卒中を起こして病院に担ぎ込まれたことにしてあるが、目覚めたばかりでもあることだし、主治医からはよけいなストレスは厳禁だと言われた」

「ストレスなんて、あの男には無縁の言葉だと思ってました」

皮肉を込めて雅紀が口にすると、明仁はなんとも言いがたい顔をした。伯父と甥《おい》の間にも、それなりの亀裂《きれつ》……とまではいかないが立ち入れない領分があることを、互いに確認したようなものだった。

「自分的に都合の悪いことは全部忘れてしまった。つまりは、そういうことですよね?」

不倫の果てに家族をゴミのようにポイ捨てにしてしまったことも。奈津子《なつこ》母親が死んでしまったことも。雅紀との埋まらない確執も。

(それで、あの気色の悪い留守電メッセージか)

ようやく、納得できた。

もちろん、暴露本の存在も。そのせいで、拓也に刺されてしまったことも。その果てに、拓也が死んでしまったことも。全部――みんな忘れてしまった。

――らしい。

(要するに、裕太の言った通りだったわけだ？)

頭の血管が切れて、おかしくなってしまった。

なんで。

どうして。

そんなに簡単に記憶を消去してしまえるのか。

本当に。

どこまでも。

身勝手な――エゴイスト。

それを思うと、心底憎たらしくて喉奥まで灼《や》けた。

「祖父ちゃんに刺されたショックで不都合な真実だけがごっそり抜け落ちてしまうなんて、ホント、笑えないジョークもいいとこですよ」

雅紀がシニカルに片頬《ほお》で笑う。あまりにもバカバカしくて、もう笑うしかない。

明仁は、ただため息を漏《も》らしただけだった。慶輔のことに関する限り、雅紀相手に今更何を言っても無駄なような気がして。

それでも。断ち切れないモノは確実にあるのだ。

拒否しても。

忌避しても。

明仁にとって慶輔が弟であり、雅紀にとっては父親であるという現実がだ。

「――で？　明仁伯父さん的には、どうするつもりですか？」

「正直、何をどうすればいいのか……わからない」

雅紀に対してこんな弱音を吐くなんてみっともなさすぎて、年長者の面目は丸潰《まるつぶ》れである。

しかし、それが偽らざる本音であった。

何を。

どうすればいいのか。

――わからない。

記憶をなくした慶輔が捨ててしまった家族に会いたがっている――などと、明仁には言えない。辛酸を舐《な》め尽くした雅紀の前で、慶輔の名前を出すだけでも苦痛であるのに。今更、自殺に追い込んでしまった亡妻を呼んでいる――とは、口が裂けても言えない。

けれども。これは、避けては通れない身内の問題であることも事実だった。

「俺は――人生の選択というのは、その時点で自分が思う最良を選ぶことだと思ってました。世間が、他人が何をどう思っても、自分が納得できる道を選ぶ。だけど、あの男にとっての選択はいらない物を切り捨てにすることだったんですよね。そうやって、あいつはエゴを通してきた」

間違いなく。

それを、後悔してもいなかった。

堂々と居直る。それ以前の問題だった。雅紀には、その思考回路がいまだにまったく理解できなかったが。

その痛烈なしっぺ返しが十年分の記憶の欠落なのだとしたら、本当に笑えない現実である。

「そんな自己チュー丸出しなエゴイストでも、祖母《ばあ》ちゃんにとっては息子は息子……らしいですけど。明仁伯父さんは、どうなんです？」

口調はいっそ穏やかだった。激した感情の縺《もつ》れなど、欠片《かけら》も感じさせない。それゆえに明仁は、決断という名のカミソリを喉元に押し当てられているような気がした。

「俺たちにとって、あの男は不要のゴミですから。記憶がなくなったからって、今更、親子の情なんてケタクソ悪いものを持ち出されても困ります」

きっぱりと、雅紀は宣言する。

もっと、はっきり言ってしまえば。拓也がしでかしたことの尻拭《しりぬぐ》いを押しつけられるなんて、迷惑千万——なのだった。

「俺たちのこれからの人生に、あいつはいらない。視界の中に入ってくることも許さない。祖母ちゃんにも、そうはっきり伝えてください。それで泣かれて絶縁喰《く》らっても、しょうがないですけど」

「……キツイな」

ボソリと、明仁が本音を漏らす。あらかた予想はついていたが、取り付く島のなさは格別だった。

「すみません。でも、それが俺の本心ですから」

いらない物はいらないとはっきり口にしなければ、いつまでたっても埒《らち》が明かない。臭い物に蓋《ふた》をしてたらい回しにするだけ、時間の無駄だ。

もはや、雅紀にとっても明仁にとっても綺麗事《きれいごと》で済まされるような状況ではないのだ。

「やってしまったことはなかったことにはできないんですから。記憶がなくなっても、自己責任。それでいいんじゃないですか?」

運命の愛……とやらが本物ならば、慶輔の面倒は千里が見るだろう。裏を返せば、慶輔と千里の真実の愛が試されている。そういうことだろう。

それが、傍から見ればなんとも陳腐すぎるようなことでもだ。

暴露本で、独占インタビューで、あれだけ堂々と大見得を切ったからには他人を当てにせず自分たちでどうにかするべきだろう。

断裂してしまった家族の絆は元には戻らない。捨ててしまったモノに固執して電話をかけてくるなんて、滑稽《こっけい》すぎて笑えもしない。

慶輔にとってそれが今現在のリアルであったとしても、雅紀たちにとってはいまだに癒《い》えることのない過去の傷痕《きずあと》だ。慶輔のふざけた妄想に付き合ってやる義理などない。

「――わかった」

長い沈黙の末、明仁は唇重く、ため息まじりにその言葉を吐き出した。だから、雅紀は、

『何が？』

――とも。

『どんなふうに』

――とも、聞かなかった。

ただ無言で、深々と頭を下げて明仁の家を辞した。

§§§§　　§§§§　　§§§§　　§§§§

その夜。

リビングで。

尚人と裕太を前にして、雅紀は明仁から聞いた話を切り出した。

「マジで？」

裕太は片頰を引き攣らせ。

「……ホントに？」

尚人は、こぼれ落ちんばかりに目を瞠《みは》った。

「そんなウソみたいな現実って、ホントにあるんだ？」

「なんかもう……笑うしかないって感じ」

尚人がそれを口にすると、裕太は本当にクスクス笑い出した。

「あー……けっさく」

だが。それが不謹慎なことだとは、雅紀も尚人も思わなかった。

ひとしきり笑って、裕太がボソリと漏らす。

「刺されても死なない悪運って、こうなるとマジで呪《のろ》いみたいなもんだよね」

死ねなかったことを後悔しながら、生きていく。それこそが、最高に皮肉な運命の逆襲というものなのかもしれない。

「あいつの人生って、これからドン底なんだ？」

「間違いなく、ドン底だろうな」

自分のしてきたことを覚えてもいないのに、周囲の者たちはそれを忘れない。切り捨ててきたものに、これから同じ分だけしっぺ返しを喰らう気分はどうだろう。ざまあみろ。

――とは、言わないが。溜飲《りゅういん》は大いに下がる。

切り捨てた者に対して、同情する気はさらさらない三兄弟であった。

――と。

「あ……雅紀兄ちゃん。おれ、欲しい物があるんだけど」

裕太がいきなりサラリと言った。

「欲しい物？」

「ウン。自転車」

――は？

――え？

あまりにも予想外の答えに、雅紀と尚人が同じように目を瞠る。

それって、つまり……。

「おまえ……乗れるのか？」

話のキモはそこじゃないのはわかっていても、つい、雅紀の口からそれが突いて出た。

「乗れるに決まってるじゃん」

「や……それは、ガキの頃の話だろ」

確かに、引きこもりになる前まではガンガン自転車を乗りこなしていたが。それから何年も乗っていない。

「一回乗り方を覚えたら何年経っても忘れるわけないだろ」

やけに自信たっぷりに、裕太が胸を張る。

そういうものか？

車を運転するようになってからもう何年も自転車に乗っていない雅紀は、確認するように尚人を見やる。

「たぶん、大丈夫じゃない？」

それよりも何よりも、裕太が自分から外に出ることを決めたことに尚人はドキドキになった。

「なら、買ってもいいけど。持ち腐れにする気はないんだろうな？」

念には念を押す。

「ウン」

裕太は即答した。

「じーちゃんの葬式で、なんかひとつのケジメがついたような気がしたから。ただフラフラ出歩くよりも、きっちり目的意識があったほうがいいかと思って」

「目的意識って？」

「だから、これからはナオちゃんの代わりにスーパーに買い物に行ってやる」

――はぁあッ？

――えぇえッ？

予想外というよりは驚愕的な答えが返ってきて、二人はマジマジと裕太を見やる。

「なんだよ？」

それって失礼すぎだろ――と言わんばかりの裕太の顔つきに、

「マジで驚いた」

「……俺も」

二人は口を合わせる。

「なんか文句でもあるわけ？」

鼻息荒く、裕太が目を細める。

――いいえ、なんにも。

言葉にする代わりに雅紀と尚人はどちらからともなく顔を見合わせて、同じように口元を綻ばせた。

拓也が死んで、慶輔は十年分の記憶を喪失した。

篠宮の親族的には、この現実がヘビーでハードで多大なダメージが残ったが。それは、ささやかな変化の兆《きざ》しにもなった。

物事には、すべからく理由がある。

そんな運命論には興味も関心もないが、滞っていた裕太の時間がようやく動き出すことに尚人はホッと安堵した。

《＊＊＊エピローグ＊＊＊》

目覚めて、十日が過ぎた。
なのに。妻も、子どもたちも、まったく姿を見せない。
——なぜだ？
留守番電話に何回もメッセージを入れておいたのに、なんの音沙汰《おとさた》もない。
——どうしてだ？
兄の明仁《あきひと》は一度やってきたが、両親も弟も見舞いには来ない。
——どうなってるんだ？
そういえば、会社の同僚たちもだ。誰一人として——訪れない。
ごく普通に考えて。
（それって、あり得ないだろ）
不自然……いや、不可解すぎる。
今のこの状況を看護師に詰問しても、主治医に訴えても、

『今は、自分の身体を治すことに専念しましょう』

いいようにはぐらかされるばかりで、どうにも釈然としない。

いったい全体、何が——どうなってる？

慶輔《けいすけ》の疑心と不審は日に日に膨《ふく》れ上がるばかりだった。

自分の身体なのに、自分の思った通りに動かないのがもどかしい。幸いにも深刻な後遺症は免れたものの、左半身には軽い麻痺《まひ》が残った。

なんで。どうして。自分が……。

家のローンだって。子どもの学資だって。これから金のかかることばかりなのに……。

これから、どうする？

この先、どうなる？

それを思うと歯痒《はがゆ》いのではなく、気が滅入る。

毎日のリハビリを乗り切るためにも、家族の支えが欲しい。いや、家族として、一家の主を精神的にも肉体的にも支えてくれるのが当然ではないのか？

そう思っているのに、誰も——来ない。

来ないことが、腹立たしくてならない。

毎日、決まった時間にリハビリ病棟まで車椅子《いす》で通う。

そのたびに、やたら注目を浴びる。決して気のせいなどではない。ただの自意識過剰ではないとキッパリと言い切れるほど、露骨にあからさまなのだった。

廊下でも、リハビリ中でも。周囲の者たちが自分を遠巻きに見つめてヒソヒソ囁《ささや》き合う、不快感。

なんで。

どうして。

皆が皆——そんな目で見る？

何かが、おかしい。

なのに。誰も、それに答えてはくれない。

いいかげん煮詰まって爆発しそうになった、その日の午後。明仁がやって来た。何か心配事でもあるのか、ずいぶんと暗い顔つきだった。

その理由も気になったが、今の慶輔にそれを問《と》い質《ただ》す気持ちの余裕はなかった。

何が、どうなっているのか。今日こそ、きっちり聞かせてもらう。

——つもりだった慶輔の突きつけられた真実とは。

「奈津子《なつこ》さんは五年前に亡くなった」

驚愕《きょうがく》を過ぎた衝撃だった。

「自殺した。おまえが真山千里《まやまちさと》と不倫して家族を捨てたからだ」

ちょっと——待て。

それは、いったい、どういうことだ？

あまりに突然、頭ごなしにあり得ない因縁を吹っかけられたような気がして。

「それって、なんの冗談だよッ？」

思わず掠れた声を張り上げると。

「いいから、黙って最後まで聞けッ」

普段は温厚な明仁が眦《まなじり》を吊《つ》り上げた。

その剣幕に押し切られて、慶輔が黙り込むと。

「目が覚めてから、おまえはずっと違和感があるだろう？　脳卒中の後遺症なのかどうなのかはわからないが、おまえの記憶は十年分くらい欠落してるんだよ」

予想もできない答えが返ってきた。

十年分の記憶の欠落？

（そんな……バカな）

それを口にしようとして、これまでずっと感じていた違和感の正体を実感させられて……言葉を呑む。

「奈津子さんは死んだ。雅紀《まさき》は今二十二歳の社会人で、沙也加《さやか》は大学生になったばかり。尚人《なおと》は高校二年生で、裕太《ゆうた》は……不登校の引きこもりだ」

言われたことがまともにイメージできなくて、慶輔は惑乱する。慶輔の頭にあるのは、小学生の子どもたちだけだったからだ。

「おまえがいつからあの女と不倫していたのかは知らんが、七年前、突然、おまえは家族を捨てたんだ、慶輔」

——嘘だ。

「奈津子さんが自殺してあの子たちがドン底の生活をしているとき、おまえは、あの女とその妹の三人で別の家に住んでくだらない家族ごっこをしてた」

——知らない。

「本当に、おまえは酷《ひど》いことをしたんだ」

——覚えてない。

「おまえは覚えていないかもしれないが、周囲の人間は皆知ってる。おまえが極悪非道のクソ親父だったことをだ」

極悪非道のクソ親父——と決めつけられて、カッとした。

だが。慶輔が反論の怒声を口にする前に、明仁はベッドの慶輔にハードカバーの本を投げつけた。まるで、穢《けが》らわしい物を放り投げるように。

「それは、おまえが書いた本だ」

俺が——？

慶輔はマジマジと凝視する。

タイトルは『ボーダー』。著者名は『篠宮慶輔』になっている。

しかし。なによりも先に目に飛び込んできたのは、毒々しいほどの帯の煽《あお》り文句だった。

【視界のゴミにも言い分はある】

ゴクリと、慶輔は生唾《なまつば》を飲む。

視界のゴミって——なんだ？

「おまえが作った借金を棒引きにするために、おまえが書いた暴露本だ。五十万部、売れたそうだ」

（……え？）

借金？

暴露本？

五十万部？

疑問符付きの言葉が、頭の中をループする。

「おまえは借金返済のために家族を——俺たち兄弟や親父たちのプライバシーを売ったんだ。そこに、おまえの真実とやらが書いてある。あとで、じっくり読めばいい」

まさか。

……そんな。

嘘だッ！

「その本のせいで、今や、俺たちのプライバシーは全国区でダダ漏れだ。いつでもどこでも、無節操なマスコミが付きまとって離れないからだ」

知らない。

覚えてない。

まったく、ぜんぜん、記憶にないッ！

「雅紀は俺に言った。子どもは親を選べないが切り捨てにすることはできる……ってな。その宣言通り、有言実行中だ。あれは、本当に出来過ぎた息子だよ。おまえを見限ることで、弟たちをくだらないスキャンダルから護ってる。だけど、親父は……そうじゃなかった」

明仁はそう言葉を切って、束の間、天井を凝視した。まるで、自分の気持ちを鎮めるかのように。そして――言った。

「おまえがこの病院に担ぎ込まれたのは、親父がおまえを刺したからだ」

ギョッと、慶輔は目を見開いた。

「親父はなぁ、慶輔。本を売らんがためにあることないこと書かれたのが、どうにも我慢がならなかったんだ。雅紀にはできても、親父にはそれができなかった。だから、おまえに直談判するつもりで智之《ともゆき》を連れておまえが泊まっているホテルに行った。そこで話がこじれて、衝動的におまえを刺した」

慶輔の顔面が引き攣った。

「親父はおまえを刺したショックで倒れて、搬送された病院で死んだ。脳卒中だったそうだ。そのあとおまえも同じようになったと聞いて、本当に、どういう運命の皮肉かと思ったよ」

どうして——そんな。

嘘だろ。

冗談だろ。

笑えないジョークで俺を引っかけようとしてるんだろッ！

だが。ドクドクと異様に逸る鼓動に息が詰まって、何も言葉にならなかった。

「おまえが意識不明になってる間に、親父の葬式は終わった。おまえの主治医は、今後のおまえの治療方針には家族のサポートは欠かせないと言ったが、おまえにはもう、支えてくれる家族はいない。おまえが、自分勝手にすべてをぶち壊したからだ」

明仁の言葉が理解できずに——いや、頭の中がグダグダになって思考が考えることを拒否して、慶輔はただ絶句した。

§§§§　§§§§　§§§§　§§§§

ついに――ブチまけてしまった。

病室を出て、エレベーターに向かう廊下をどんよりとした足取りで歩きながら、その一方で、明仁は鬱屈《うっくつ》した胸の閊《つか》えがようやく取れたような気がしてもいた。

もう、これ以上事実を隠し通すのも限界だったからだ。

『すべては自己責任』

雅紀の言葉が、今更のように重い。

皆が皆、納得できるような決着などない。それは、慶輔が家族を捨てたときに思い知ったはずなのに。いや、だからこそ、まだ自分には長兄としてやるべきことがあるのではないかという強迫観念に縛られていた。

ここで慶輔を見捨てたら、すべてが瓦解《がかい》してしまうのではないかと。

だが。それは、ただの傲慢《ごうまん》な妄想に過ぎないのだと気付いた。

すべてが瓦解するのではない。もう、してしまったのだ。残っているのは、瓦礫《がれき》と化した家族の残骸だった。

無理にすべてを抱え込もうとすれば、いずれ破綻《はたん》する。

護るべきものの優先順位。選ぶことは、同時に捨てることでもある。それでいいのだと。

そうするしか、ないのだと。

今、家族としての支えを一番必要としているのは自責の念で雁字搦《がんじがら》めになっている智之である。その現実を見据《みす》え、明仁は、いっそすっぱりと気持ちを切り替えた。

§§§§　§§§§　§§§§　§§§§

いったい。

どうして。

——こんなことに。

(なんでだ?)

明仁から告げられたことが、どうにも信じられなくて。消灯時間はとっくに過ぎて真っ暗になった病室の天井を、慶輔はただひたすら凝視した。

(俺が不倫して、家族を捨てた?)

——あり得ない。

毎日病室にやってきて頼みもしないのにあれこれ世話を焼いていく、あの女と?

——あり得ない。

最初は、ただのヘルパーかと思っていた。やたら馴《な》れ馴れしくて、閉口した。甘ったるい声で『慶輔さん』を連発するあの女のために、大事な家族を捨てた？

そんなことは――あり得ない。

『あり得ない』

『あり得ない』

『あり得ない』

慶輔は呪文《じゅもん》のように繰り返す。

妻が自殺して。

株の投資に失敗して、借金まみれ？

暴露本って――なんだ？

(そのせいで、親父が死んだ？)

自分を殺そうとして？

――あり得ない。

信じられない。

これは、悪夢に違いない。本当の自分はまだ昏睡状態で、悪い夢を見ているだけなんだ。

現実じゃない。

リアルじゃない。

ただの――悪夢だ。

でなければ、何かの――誰かの陰謀？

明仁が残していった本は、テーブルの上にある。表の帯は『視界のゴミにも言い分はある』だったが、その裏帯は『極悪非道のクソ親父の逆襲』になっていた。

挑発的というにはあまりに過激《ショッキング》な煽り文句に、慶輔はおののいた。

なのに、あの女はニッコリ笑って。

「五十万部売れたのよ？　ただのビギナーズラックじゃないわ。慶輔さん、ベストセラー作家なのよ」

さも大事そうに本を抱きしめた。

――あり得ない。

ちょっとどころではなく、本音で引いた。明仁から告げられた事実を否定もせず、むしろ当然の権利を主張するかのような女が無神経に思えて。

この本には、慶輔の真実が書かれてある。

――らしい。

読めば、その真実とやらがわかるかもしれないが。読むのが――怖い。この本のせいで拓也が自分を刺して死んだ。明仁が、そう言ったからだ。

自分が何を書いたのか、知りたい。

だが。知ってしまえば、それが紛れもない現実になる。

欠落した記憶。そこには、どんな魔物が潜んでいるのだろう。
知りたい。
――知りたくない。
知ってしまえば、取り返しのつかない地獄を見てしまいそうで……。
いったい、なぜ。
どうして。
――こんなことに。
誰か、嘘だと言ってくれ～～ッ！
明日、目が覚めたら、このリアルな悪夢は終わっているのだろうか。
それを思い。
それを――懇願し。慶輔はぎくしゃくとしながら目を閉じた。

あとがき

こんにちは。

なんか、もう、ここまで来るのにすでにグダグダのヨレヨレな吉原《よしはら》です。

円陣闇丸《えんじんやみまる》様、今回もまた……ていうか、いつも以上に超ゴクドーな進行でお詫《わ》びの申し上げようもございませ〜ん［平謝り&土下座］。

ン……でも、『二重螺旋』シリーズの最新刊がこんなに早く出るとは誰も思ってなかったのでは？　そしたら、すかさず、

「早くないですよ。一年空いてますから」

——という、担当さんの鋭いツッコミが……。

えぇぇ〜ッ！　吉原的には、こんなズッシリ重いのは一年に一冊くらいでちょうどいいかなと思ってるんですが。違います？

今回は、プロット段階から。担当さんが、

「なんか、いつも以上に濃ゆい展開ですねぇ」

ため息を漏らし。タイトルをメールすると、

「うわ……マジですか？　内容が一目瞭然《いちもくりようぜん》……これしかないって感じなんですけど……」

一瞬、絶句し。原稿を送った時点で、

「ますますBLが遠のいて行くぅぅ……」

ため息の嵐だったことは言うまでもありません（笑）。

や……だって、今更、このシリーズに誰も甘々・ラブラブなBLの王道なんか期待してないですって（苦笑）。だったら、この際、とことんゴーイング・マイウェイでもいいじゃないですか「居直り」。

――そういうわけで。ドラマCD第五弾『深想心理』が年内に出る予定です。しかも、一粒で三度美味しい（笑）全員サービス企画第三弾もひっそり進行中でございます。どちらも、詳細はこれからの『Ｃｈａｒａ』本誌でチェック、よろしくお願いいたしまーす。

あ……それから。大人の事情×三乗（笑）で長らく沈黙状態だった『間《あい》の楔《くさび》』のアニメにも新たな展開があるようです。こちらも、ぜひチェックよろしく。

――で。他社さんで申し訳ないのですが。ダリア文庫さんからも『陽だまりに吹く風』のドラマCD第一弾が六月下旬に出る予定です。通販特典もいろいろあるみたいなので、よろしければ、ぜひ♡

それでは、また。

平成二十三年　六月

吉原理恵子《りえこ》

この本を読んでのご意見、ご感想を編集部までお寄せください。

《あて先》〒141-8202 東京都品川区上大崎3-1-1 徳間書店 キャラ編集部気付
「業火顕乱」係

【読者アンケートフォーム】

QRコードより作品の感想・アンケートをお送り頂けます。

Chara公式サイト http://www.chara-info.net/

■初出一覧

業火顕乱……書き下ろし

Chara

業火顕乱……【キャラ文庫】

2011年6月30日 初刷
2020年6月20日 3刷

著者 吉原理恵子
発行者 松下俊也
発行所 株式会社徳間書店
〒141-8202 東京都品川区上大崎3-1-1
電話049-293-5521(販売部)
03-5403-4348(編集部)
振替00140-0-44392

印刷・製本 図書印刷株式会社
カバー・口絵 近代美術株式会社
デザイン 海老原秀幸

ISBN978-4-19-900624-1

好評発売中

吉原理恵子の本

【間の楔】全6巻

イラスト◆長門サイチ

歓楽都市ミダスの郊外、特別自治区ケレス――通称スラムで不良グループの頭《ヘッド》を仕切るリキは、夜の街でカモを物色中、手痛いミスで捕まってしまう。捕らえたのは、中央都市タナグラを統べる究極のエリート人工体·金髪《ブロンディー》のイアソンだった!! 特権階級の頂点に立つブロンディーと、スラムの雑種――本来決して交わらないはずの二人の邂逅が、執着に歪んだ愛と宿業の輪廻を紡ぎはじめる……!!

投稿小説★大募集

『楽しい』『感動的な』『心に残る』『新しい』小説——

みなさんが本当に読みたいと思っているのは、どんな物語ですか？　みずみずしい感覚の小説をお待ちしています！

•応募きまり•

[応募資格]

商業誌に未発表のオリジナル作品であれば、制限はありません。他社でデビューしている方でもOKです。

[枚数／書式]

20字×20行で50～100枚程度。手書きは不可です。原稿は全て縦書きにして下さい。また、800字前後の粗筋紹介をつけて下さい。

[注意]

①原稿はクリップなどで右上を綴じ、各ページに通し番号を入れて下さい。また、次の事柄を１枚目に明記して下さい。
（作品タイトル、総枚数、投稿日、ペンネーム、本名、住所、電話番号、職業・学校名、年齢、投稿・受賞歴）
②原稿は返却しませんので、必要な方はコピーをとって下さい。
③締め切りは特別に定めません。採用の方にのみ、原稿到着から３ヶ月以内に編集部から連絡させていただきます。また、有望な方には編集部からの講評をお送りします。
④選考についての電話でのお問い合わせは受け付けできませんので、ご遠慮下さい。
⑤ご記入いただいた個人情報は、当企画の目的以外での利用はいたしません。

[あて先]　〒105-8055 東京都港区芝大門2-2-1
徳間書店 Chara編集部 投稿小説係

投稿イラスト★大募集

キャラ文庫を読んで、イメージが浮かんだシーンをイラストにしてお送り下さい。キャラ文庫、『Chara』『Chara Selection』『小説Chara』などで活躍してみませんか？

•応募きまり•

[応募資格]

応募資格はいっさい問いません。マンガ家＆イラストレーターとしてデビューしている方でもOKです。

[枚数／内容]

①イラストの対象となる小説は『キャラ文庫』か『Chara、Chara Selection、小説Charaにこれまで掲載された小説』に限ります。
②カラーイラスト１点、モノクロイラスト３点の合計４点。カラーは作品全体のイメージを。モノクロは背景やキャラクターの動きの分かるシーンを選ぶこと（裏にそのシーンのページ数を明記）。
③用紙サイズはＡ４以内。使用画材は自由。

[注意]

①カラーイラストの裏に、次の内容を明記して下さい。
（小説タイトル、投稿日、ペンネーム、本名、住所、電話番号、職業・学校名、年齢、投稿・受賞歴、返却の要・不要）
②原稿返却希望の方は、切手を貼った返却用封筒を同封して下さい。封筒のない原稿は編集部で処分します。返却は応募から１ヶ月前後。
③締め切りは特別に定めません。採用の方にのみ、編集部から連絡させていただきます。また、有望な方には編集部から講評をお送りします。選考結果の電話でのお問い合わせはご遠慮下さい。
④ご記入いただいた個人情報は、当企画の目的以外での利用はいたしません。

[あて先]

〒105-8055 東京都港区芝大門2-2-1
徳間書店 Chara編集部 投稿イラスト係